Il desiderio del jinn

ANIME GEMELLE MOSTROUSE
LIBRO CINQUE

TAMSIN LEY

Twin Leaf Press

Tutti i personaggi di questo libro, che siano alieni, umani o di qualsiasi altra natura, sono un prodotto dell'immaginazione dell'autore. Qualsiasi somiglianza con persone, situazioni o eventi reali è puramente casuale.

Nessuna parte di questo libro può essere riprodotta, trasmessa o distribuita in alcuna forma o con alcun mezzo senza l'esplicita autorizzazione scritta dell'autore, fatta eccezione per brevi citazioni destinate a recensioni, articoli o blog. Questo libro è concesso in licenza esclusivamente per il piacere della lettura. Un'infinità di cuori e baci e grazie infinite per l'acquisto.

Versione cartacea

Copertina di Tamsin Ley

@ Edizione italiana: Tamsin Ley; 2025
@ Edizione originale: *The Djinn's Desire*, di Tamsin Ley; 2017
Tutti i diritti riservati.
Versione tascabile
ISBN-13: 979-8-89548-028-1

Twin Leaf Press
PO Box 672255
Chugiak, AK 99567

Un desiderio. Due destini. Una passione che potrebbe distruggerli entrambi.

Vincolata da un desiderio d'infanzia finito in modo disastroso, Tanika Skye è la riluttante padrona di un djinn malevolo che la perseguita a ogni passo. Per anni ha resistito alle oscure manipolazioni della creatura, consapevole che il suo voto di solitudine verginale è l'unica cosa che tiene a bada il suo potere distruttivo. Ma la sua determinazione vacilla quando uno sconosciuto misterioso e pericolosamente affascinante entra nel suo salone, risvegliando desideri a lungo sopiti.

Ophir, anche lui un djinn, è in missione per tornare nella propria dimensione e sa che Tanika possiede la chiave per la sua fuga, ma l'inaspettata attrazione che prova per quella donna impetuosa e ribelle complica tutto...

In un mondo in cui i desideri hanno un prezzo mortale, l'amore potrebbe essere la magia più pericolosa di tutte.

Uno

Tanika Skye armeggiò con la serratura della saracinesca a fisarmonica che proteggeva il salone e le assestò un calcio secco prima che i catenacci scattassero. Usando tutto il suo peso, la spinse di lato. Sulla porta di cristallo incrinata, il logo del Seance Salon era stato dipinto a mano in lettere rosa acceso attorno al disegno di una sfera di cristallo dorata con un pettine e un paio di forbici. Il resto del vetro, sia della porta che della grande vetrina, era stato dipinto di nero per nascondere l'interno a sguardi indiscreti.

Raccolse la cesta di asciugamani ed entrò nel negozio in penombra, facendo tintinnare un campanello sopra lo stipite della porta. Le luci al neon si accesero tremolando con un fastidioso ronzio elettrico, rivelando due poltrone da parrucchiere malandate con i rispettivi specchi a muro, un paio di sedie pieghevoli accanto a un portariviste per i clienti in attesa — che peraltro non aveva mai — e una piccola area sul retro, circondata da una tenda di velluto lisa, dove faceva i consulti psichici. L'odore stucchevole della soluzione per la permanente impregnava l'aria, attirando lo sguardo di Tanika verso il lavatesta; Birdie, ancora una volta, si era dimenticata di lavare i bigodini della sua ultima cliente.

O le avevano staccato l'acqua. Entrambe le cose erano possibili.

Per quanto Tanika amasse quel posto, a volte si chiedeva cosa stesse dimostrando esattamente nel tenerlo aperto. Lasciando cadere la cesta di asciugamani puliti sulla poltrona della postazione di Birdie, andò al lavandino e aprì il rubinetto dell'acqua calda. Con suo sollievo, ne uscì un getto d'acqua vigoroso. Controllò l'orologio da parete a forma di gatto nero che Birdie aveva comprato per capriccio, dicendo che ci stava bene un tocco di decorazione da strega nel salone. Le sette e cinquanta del mattino. Se si fosse sbrigata, avrebbe potuto pulire i bigodini prima del suo primo consulto della mattina e fare arieggiare per togliere la puzza. I prodotti chimici non si sposavano bene con le candele profumate che usava durante le letture.

Il lieve tintinnio del campanello del negozio attirò la sua attenzione e si voltò, sperando in un cliente di passaggio. Non c'era nessuno. Strinse le labbra e tornò a lavare i bigodini. A volte, se ignorava le sue bravate, lui se ne andava. L'acqua che scorreva cominciò a scoppiettare e divenne gelida. *Maledizione.* Rabbrividendo, continuò a lavare.

Poi le luci si spensero.

Con un sospiro, si appoggiò all'indietro e fissò la parete buia di fronte a sé. «Fottuto poltergeist.»

In risposta, le luci si riaccesero tremolando. La vicina tenda di velluto ondeggiò e un uomo scarno, a torso nudo, la attraversò. Non ci girò attorno. La attraversò. La sua voce suonava smagrita quanto il suo corpo. «Ti ho detto di non chiamarmi così.»

Lei versò i bigodini in un colino e si voltò per affrontarlo. «Allora smettila di comportarti come tale.»

Lui inclinò la testa e le rughe profonde sul suo viso tentarono un sorriso piacevole. «Sai come liberarti di me.»

«No. Continuo a ripetertelo. Tu morirai con me.» Glielo diceva da così tanti anni che le parole non le davano più nemmeno una fitta di rimpianto.

Il suo volto si trasformò in un ringhio e la magia viola da jinn scintillò nei suoi occhi. «Che te ne importa di quello che mi succede? Il tuo desiderio è già stato pagato. Abbraccialo e vivi la tua piccola e felice esistenza mortale finché ne hai il tempo.»

Lo stomaco di Tanika si contorse, proprio come accadeva durante ognuna di quelle interazioni negli ultimi quattordici anni. In verità, voleva fare esattamente quello che lui suggeriva. Crearsi un focolare stabile e una famiglia da amare. Il sogno di una bambina. Un sogno a cui avrebbe rinunciato per sempre, se ciò avesse significato che il demone — lui si definiva un jinn, ma per lei sarebbe sempre stato un demone — che viveva nel medaglione di sua madre non avrebbe mai più potuto terrorizzare nessuno. Si allontanò da lui, tenendosi occupata a riempire le boccette di shampoo. Di solito se ne andava se lo ignorava abbastanza a lungo.

Le scivolò davanti, fermandosi proprio di fronte a lei, con la parte inferiore del corpo amorfa tagliata a metà dal bordo del lavandino. «Che ne dici se te lo cambio con un nuovo desiderio?»

Lei scosse la testa, rifiutandosi di guardarlo.

Lui si avvicinò ulteriormente e la squadrò con un sogghigno. «Perderà il salone.»

Il suo stomaco sottosopra le si serrò in un nodo, odiando il fatto che lui avesse ragione. Ogni volta che cercava di stabilirsi in un posto e costruirsi una vita, qualcosa andava storto, ed era certa che il suo demone ci mettesse lo zampino, per quanto lui lo negasse. Lei si ambientava, si faceva qualche amico, poi, in qualche modo, tutto le veniva strappato via. Se non voleva abbracciare l'esaudimento del suo desiderio, lui le avrebbe tolto qualsiasi cosa potesse assomigliargli.

Più di recente, il suo padrone di casa le aveva aumentato l'affitto del suo contratto scadente, sperando di cacciarla per demolire il vecchio edificio e far posto a un nuovo hotel. Lei e una manciata di altri inquilini stavano opponendo una strenua resistenza, ma non era una battaglia che probabilmente avrebbe vinto. E trovare un altro posto in città con un affitto che potesse permettersi sarebbe stato quasi impossibile.

Il campanello tintinnò, questa volta per davvero, e l'apparizione del suo demone svanì. «Arrivo subito!» gridò Tanika, asciugandosi le mani sull'asciugamano più vicino.

Invece del suo primo cliente, alla porta c'era il signor Daniels, con il grembiule bianco macchiato di quella che sembrava cioccolata. «Le ho portato un éclair, Tanika. Prima che finiscano.»

«Oh, signor Daniels, non doveva.» I suoi fianchi erano già abbastanza formosi senza che lui la nutrisse di continuo. Non che avrebbe detto di no a un éclair al cioccolato.

«Non è niente.» L'anziano dai capelli bianchi le prese la mano e vi posò la delizia ripiena di crema. «Sono ancora in debito con Lei per aver purificato il mio locale da quello spirito fastidioso.»

Il calore salì per la gola di Tanika. Lo spirito fastidioso era stato il suo demone e, una volta capito che stava creando problemi dopo l'orario di chiusura, aveva spostato il medaglione di sua madre fuori sede, in una cassetta di sicurezza. Ora il jinn poteva materializzarsi solo attraverso la connessione del suo desiderio inutilizzato, il che limitava il suo potere alla sua immediata vicinanza fisica. «Non mi deve nulla, signor Daniels.»

«Parlo di Lei a tutti i miei clienti.» Si guardò intorno, osservando l'interno malandato. «Non so perché lei e Birdie non riusciate ad avere più clienti.»

Lei si strinse nelle spalle. «Non sono in molti a credere nella magia. Perché crede che mi sia messa a tagliare i capelli?»

«Non legge i bernoccoli sulla testa della gente?»

Frenologia? Accidenti. Perché non ci aveva pensato lei? Avrebbe dovuto aggiungerlo alla sua lista di servizi. «Ehm, sì. Sì, lo faccio.»

Lui diede un'occhiata all'orologio a muro. «Sarà meglio che torni al bar, mia cara. Buona giornata.»

Anche se erano appena passate le otto del mattino, Tanika si lasciò cadere sulla sua poltrona da parrucchiera e diede un grosso morso all'éclair. Non sapendo cosa le avrebbe riservato il futuro, decise di godersi ogni momento di ciò che aveva in quel preciso istante.

Due

Ophir rise mentre la sua decappottabile prendeva la curva con uno stridio di pneumatici. Queste moderne invenzioni umane rendevano quasi sopportabile la vita sulla Terra. Quasi.

Si fermò in un parcheggio in linea lungo la fila di negozi dalle facciate fatiscenti. Ogni volta che giungeva in una nuova città, gli piaceva perlustrare prima i quartieri più vecchi, setacciando i negozi di antiquariato in cerca di un qualsiasi segno della sua gente. Nel corso dei secoli, aveva percepito sentori di portali, ma era sempre arrivato troppo tardi per individuarne la fonte. Dopo tanti fallimenti, la sua ricerca era diventata più un'abitudine che un'intenzione.

Sceso dall'auto, si fermò sul marciapiede, cercando di decidere quale personaggio adottare per quella cittadina con la sua tipica via principale del Centro America. Anche se non poteva cambiare il suo metro e novanta di altezza, la struttura ossea o il colore della pelle, era diventato piuttosto abile nel modificare abbigliamento, postura e voce per impersonare chiunque, dallo studente universitario un po' nerd al ricco miliardario. Quel giorno decise di optare per quest'ultimo, ma in modo discreto, facendosi magicamente comparire addosso un paio di jeans Givenchy e una camicia sbottonata fuori dai pantaloni.

La porta della modesta caffetteria accanto alla quale aveva parcheggiato si aprì, lasciando uscire un'ondata di profumo di prodotti da forno freschi insieme a una giovane donna che portava un sacchetto di carta bianco. Lui le sorrise e lei si bloccò di colpo, a bocca aperta. Era abituato a quella reazione da parte delle donne, specialmente quando vestiva quei panni. «È buono questo posto?» le chiese.

«Sì», disse la donna con un filo di voce.

«Grazie.» Le fece l'occhiolino e la superò per raggiungere la porta. Aveva sviluppato un debole per i dolci, scoprendo che un'infusione di carboidrati zuccherini allontanava la debolezza che provava stando lontano dalla sua dimensione natia. Se faceva il pieno di carboidrati, a volte riusciva persino a gestire gli incantesimi più estenuanti senza restare al tappeto per giorni. Quella scarica di energia non era niente in confronto all'energia che un jinn acquisiva mietendo un'anima, ma i carboidrati erano più facili da ottenere.

All'interno, l'arredamento allegro della caffetteria lo sorprese. Le pareti giallo burro con finiture bianche facevano sembrare il locale più grande attorno ai tre piccoli tavoli di legno. Un cartello scritto a mano sulla porta diceva BENVENUTI, SI PREGA DI ORDINARE AL BANCO. Sul retro, una grande vetrina di vetro esponeva file e file di biscotti, pane e pasticcini appena sfornati.

Superò i tavoli e si mise in fila dietro a un uomo in un abito grigio antracite che stava ordinando. Al registratore di cassa, un uomo anziano con un grembiule bianco salutò il cliente per nome e prese rapidamente la sua ordinazione, porgendogli una tazza di caffè da sorseggiare mentre aspettava il cibo. Ophir si avvicinò al bancone, adocchiando i sontuosi dessert nella vetrina. «Cosa mi consiglia?»

Gli occhi dell'uomo anziano erano arrossati e stanchi, ma lui sorrise e indicò un éclair glassato al cioccolato. «Li preparo solo una volta a settimana e finiscono in fretta. Se ha voglia di qualcosa di sostanzioso, oggi offriamo club sandwich con tacchino ruspante.»

«Prendo tre éclair», disse Ophir, frugando in tasca ed estraendo il portafoglio. «E che diamine, anche un panino.»

«Qualcosa da bere?»

«Un caffè con dieci zuccheri.»

Inarcando le sopracciglia, l'uomo anziano gli porse il caffè e un sacchetto bianco con gli éclair. «Lo zucchero è laggiù.» Indicò una piccola mensola vicino all'uscita che sosteneva un alto dispenser di zucchero bianco e una caraffa che presumibilmente conteneva panna. «Il Suo panino sarà pronto tra un minuto.»

Ophir versò lo zucchero e poi si sedette contro il muro. La porta tintinnò ed entrò una donna anziana. Il suo semplice abito di cotone a stampa gridava povertà, ma indossava antichi orecchini a cammeo e pagava con le monete del suo portamonete vintage di paillettes. *Vedova tirchia che però vizia i nipoti.* Un tempo avrebbe usato la sua abilità nel leggere le persone per fare leva sulle loro paure più grandi o sui vizi più profondi, incoraggiandole a esprimere un desiderio che avrebbe consumato la loro anima. Adesso leggeva le persone solo per curiosità.

Chiuse gli occhi e inclinò la sedia all'indietro contro il muro, respirando l'aria burrosa, lievitata, di cannella, cioccolato e vaniglia. Oh, quante delizie da assaggiare. Avrebbe dovuto ricordarsi di quel posto mentre era in città. Il profumo di anice si diffuse nella sua direzione e lui inspirò profondamente.

Spalancò gli occhi.

Anice?

Il profumo aleggiava attorno alla donna che era appena entrata. La sedia gli cadde di lato sul pavimento con un gran baccano mentre si lanciava verso di lei. La donna fece un passo indietro, portandosi una mano al cuore. «Mi scusi?» chiese.

Le sue narici si dilatarono, gli occhi la scrutavano da capo a piedi. Il profumo era su di lei, ma non *proveniva da* lei. Si dirigeva verso la porta come briciole di pane profumate. Voltandosi di scatto, si precipitò verso l'uscita, aprendo la porta con tale forza da far tremare il vetro.

«Signore! Il suo panino!»

Ophir non si diede la pena di rispondere. Sul marciapiede, la scia conduceva a destra. Spinse via un passante sbigottito. Il profumo era fresco e pungente e lo guidava sicuro come se fosse al guinzaglio.

Superò un'officina di riparazione di biciclette, una vetrina vuota, un negozio di fotografia. Il profumo finì tanto improvvisamente quanto era iniziato, e si rese conto di essere andato oltre. Tornando sui suoi passi, spalancò una porta di vetro annerito ed entrò in un negozio curiosamente privo di attrattiva. Due squallide sedie da parrucchiere si trovavano sulla sinistra, con i rispettivi specchi dipinti a mano e i nomi "Birdie" e "Tanika" in cima. Una tenda di velluto dal soffitto al pavimento delimitava un'area sul retro, accanto a una porticina con la scritta 'bagno'. Non si vedeva nessuno, ma il profumo di anice riempiva il posto come il calore di un forno. Ricopriva ogni cosa di una magia oleosa che avrebbe fatto distogliere lo sguardo a un mortale, lasciandolo indifferente. *Interessante scelta di incantesimo per un'attività commerciale.*

Lo sguardo di Ophir trapassò l'illusione. Un portale era stato usato lì per almeno qualche anno, anni solidi, per aver lasciato dietro di sé quel denso residuo.

Da una piccola porta sul retro, sentì lo sciacquone di un water, poi emerse una donna, con i ricci scuri raccolti in un groviglio disordinato in cima alla testa. Occhi scuri, pelle olivastra, guance ancora arrotondate dalla giovinezza. Ascendenza rom. Indossava una camicetta vaporosa che fluttuava sui fianchi con una carezza leggera come una piuma, ma riusciva comunque a mettere in risalto le curve piene del suo seno. Nonostante l'urgenza di trovare il portale, il suo cazzo si riscosse.

Il suo viso si aprì in un sorriso genuino. «Benvenuto al Salone della Seduta Spiritica! Come posso aiutarti?»

«Sto... cercando qualcuno.» Spostò lo sguardo per la stanza, cercando di individuare la fonte della magia. Ma il portale era apparentemente lì da così tanto tempo, aperto e chiuso così spesso, che era impossibile individuare un unico punto.

«Oh.» Il suo sorriso vacillò, per poi riprendersi in modo più artefatto. La sua voce aveva perso la vivace speranza di prima. «Temo di essere l'unica qui. Forse potrei interessarti con una lettura?»

Strizzò gli occhi, cercando di leggerla, ma la magia oleosa causava interferenze. Aveva incontrato solo una manciata di umani con un barlume di magia propria durante i suoi molti secoli sulla Terra. La maggior parte della magia autentica proveniva da un umano che spacciava i poteri di un jinn per propri. Doveva sapere del portale. Forse durante la sua 'lettura' ne avrebbe rivelato la posizione. Si sforzò di rilassare le spalle e sorrise. «Credo che mi piacerebbe.»

Lei sbatté le palpebre. «Davvero? Cioè... certo! Vieni da questa parte.»

Facendogli strada, scostò la consunta tenda di velluto per rivelare un tavolo drappeggiato con una tovaglia rossa a buon mercato, affiancato da due sedie pieghevoli. Entrò nello spazio angusto, con i sensi all'erta per qualsiasi segno del portale. La tenda ricadde dietro di loro, immergendoli nella semioscurità, e lei si spostò dalla parte opposta del tavolo. Un fiammifero crepitò, inquinando il profumo di anice con zolfo bruciato, seguito da una candela che odorava di alloro e vaniglia.

Lui si acciglò. «Devi proprio bruciarla?»

Lei si fermò, la fiamma sospesa su una seconda candela. La luce tremolante si rifletteva nei suoi occhi. «Mi aiuta a centrare le mie energie psichiche.»

Stare così vicino a un portale lo rendeva nervoso. Se avesse potuto toccarla, avrebbe potuto almeno determinare se lei avesse il portale addosso. Forse anche superare la magia per valutare le sue paure e i suoi desideri. Serrando la mascella, tese una mano sul tavolo. «Leggi la mano?»

Lei spense il fiammifero con un soffio e gli rivolse un sorriso incerto. «Temo di dover chiedere il pagamento in anticipo.»

Lui soffocò una risata. Certo che voleva i soldi. Era una gitana. Chi aveva bisogno della magia per leggere questo tipo di umano? Tirando fuori il portafoglio, estrasse diverse banconote da cento dollari e le lasciò cadere sul tavolo. Non aveva tempo per mercanteggiare. «Basta?»

I suoi occhi scuri si sgranarono e lei annuì seccamente, spazzando le banconote verso di sé. «Come ti chiami?» chiese.

Lui tese di nuovo la mano, appoggiandola con il palmo rivolto verso l'alto sul tavolo. «Ophir.»

«Ophir.» Lei fece roteare la parola sulla lingua, e lui si sorprese a chiedersi come sarebbe stato sentire quella lingua scorrergli sul cazzo. «È un nome insolito. Antico.»

«Lo so», ringhiò lui, cercando di rimanere concentrato. Era passato molto tempo da quando una donna aveva esercitato quel tipo di influenza su di lui. *Trova il portale, poi potrai spassartela.* Mosse le dita con insistenza.

Senza toccarlo, lei si chinò sul tavolo per guardare, con il respiro che gli solleticava la pelle. Sopra l'ampia scollatura della sua camicetta, il suo décolleté sembrava gridare per avere la sua attenzione. Studiò la sua mano aperta, ancora senza toccarla. Che stava facendo? Strinse le dita a pugno, nascondendo il palmo.

Lei alzò lo sguardo per incontrare il suo, con gli occhi scuri come vortici alla luce della candela. «Non posso leggerla se non me la mostri.»

Lui deglutì, con la bocca improvvisamente e inspiegabilmente secca. «Non hai bisogno di toccarmi? Per tracciare la mia linea della vita?»

«Preferisco non influenzare la lettura lasciando che la mia aura si mescoli alla tua.»

Dilatò le narici, perdendo rapidamente la pazienza. Lentamente, distese le dita, curioso di sapere quale sfilza di stronzate gli avrebbe propinato riguardo al suo futuro.

Lei fissò di nuovo la mano; il suo sguardo si soffermò per quella che sembrò un'eternità. Quando finalmente alzò lo sguardo, le sue sopracciglia erano aggrottate. «Io non... Le tue linee ci sono tutte, ma si leggono come un libro di testo, come se fossero state disegnate invece di emergere dalla tua anima.»

Ophir ritrasse la mano come se si fosse scottato. La guardò negli occhi, avvolgendosi in fili della sua magia come in un mantello, incerto se dovesse scappare o avvicinarsi. Aveva davvero trovato un'umana che poteva toccare il suo regno? Aveva decisamente visto qualcosa della verità, ma non l'aveva capita. E lui non aveva idea di cosa significasse.

Lei si morse un angolo del labbro superiore, lo sguardo che si spostava sul suo grembo. Lentamente, riportò in vista i soldi che lui le aveva dato. Spingendogli le banconote sul tavolo, disse: «Mi dispiace.»

Lui fissò i soldi, sbalordito. La carta non significava nulla per lui. Poteva evocarne altra ogni volta che voleva. Ciò che lo sorprese fu che lei glieli stava restituendo. E ben poche cose degli umani lo sorprendevano di questi tempi. Scuotendo la testa, disse: «Facciamo così. Tu lasci che io ti legga la mano e puoi tenere i soldi.»

Lo sguardo di lei si posò su di lui, il sospetto che le balenava negli occhi. «Vuoi pagarmi per leggermi la mano? Perché?»

Lui scrollò le spalle e tese la mano in richiesta. «Chiamalo un capriccio.»

Dopo un momento, lei appoggiò il dorso della mano sul suo palmo aperto. Il suo viso rimase completamente serio. «Ok. Ma se questo è un trucchetto per chiedermi di uscire, la risposta è no. E i soldi li tengo comunque.»

Ridicchiando, Ophir avvolse la sua grande mano attorno a quella più piccola di lei e la avvicinò. Le sue nocche erano leggermente screpolate, ma il resto della sua pelle era morbida e calda. Un odore fresco e agrumato si levò dalla sua carne, e lui respirò a fondo, cercando il morso pungente e aniciato della magia dei jinn. Era lì, radicata nella sua carne, come se le sue stesse cellule fossero infuse di quel potere.

E ancora non riusciva a leggerla.

Le accarezzò il polso con il pollice, sentendo il battito quanto mai mortale sotto la sua pelle. C'era qualcosa di più dentro di lei, qualcosa del suo mondo. Qualcosa di jinn. Di certo non poteva essere lei la fonte della magia: un portale doveva essere di metallo.

«Allora, cosa dice?» chiese lei, interrompendo i suoi pensieri.

Mantenendo un'espressione seria, si chinò sul tavolo. Non era sicuro di cosa stesse succedendo, ma sapeva come scoprirlo. «Che tu ci creda o no, dice che uscirai con me.»

Dal punto in cui le dita dello sconosciuto avvolgevano il polso di Tanika, un brivido le corse lungo il braccio e sembrò depositarsi nel petto. Ma c'era di più: un desiderio ardente cominciò a pulsare nel profondo del suo ventre. Le chiedevano di uscire regolarmente, ma diceva sempre di no. Uscire significava emozioni. Attaccamento. Un desiderio di famiglia. L'unica cosa che non avrebbe mai potuto avere. Permettere a una cosa del genere di avverarsi avrebbe liberato il suo jinn, e lei aveva giurato di fare qualsiasi cosa per portarselo nella tomba per quello che aveva fatto.

A ventisette anni, era ancora vergine e aveva intenzione di rimanerlo fino al giorno della sua morte. Eppure quest'uomo, questo strano e sexy uomo, le dava l'impulso di infrangere la sua regola, solo per questa volta.

«Non sai nemmeno il mio nome», disse lei, con il cuore che le martellava nelle orecchie.

«Mmm», disse lui, socchiudendo un occhio color caffè e scrutandole il palmo. Aveva ciglia da far invidia a una top model. «Direi che il tuo nome è... Tanika.»

Lei sussultò e ritrasse la mano, il suo battito cardiaco che passava da eccitato a spaventato. Sua madre aveva la vista molto più forte di Tanika, ma nemmeno lei poteva indovinare il nome di una persona guardandole il palmo della mano. «Come diavolo hai fatto a vederlo lì?»

Lui sogghignò e indicò con il pollice verso le sue spalle. «Normalmente, un mago non rivela i suoi segreti. Ma il tuo nome è dipinto sullo specchio là fuori. Ho corso il rischio, supponendo che tu non assomigli a una di nome Birdie.»

Tanika si abbandonò sulla sua sedia pieghevole. Era solo un dongiovanni. Quello poteva gestirlo. *Pan per focaccia.* Allungando la mano, recuperò le banconote ancora sul tavolo e se le infilò in tasca. Con quelle, sarebbe stata in grado di rimandare lo sfratto per almeno un altro mese. Sfoderando il suo sorriso più enigmatico, lo guardò da sotto le ciglia. «Temo di non andare a appuntamenti. Ma se vuoi tornare per un'altra lettura domani, dopo che le mie energie psichiche si saranno rinnovate, sarò felice di guardare di nuovo nella tua sorte.»

Lui si appoggiò con le larghe spalle allo schienale della sedia, intrecciando le mani in grembo, gli occhi che gli danzavano di allegria. «Come fai a sapere che ho una sorte?»

Arrossendo, Tanika si portò una mano al collo. «Non intendevo... stavo solo offrendo...»

«Oh, adesso la mia dolce gitana è tutta agitata.» La profondità sensuale della sua voce le ricordò una tigre pronta a balzare, e il suo sorriso bianco e perfetto minacciava di abbagliarla. Nessun uomo meritava di avere così tanto sex appeal.

«Non voglio che tu pensi che m'interessino i tuoi soldi.»

«Be', non lo sei?»

Lei sbatté le palpebre, incerta su come rispondere. Certo che era interessata ai suoi soldi. Solo non in modo disonesto. «Ti farò la prossima lettura gratis.»

«Preferirei di gran lunga che tu uscissi semplicemente con me.»

«Ho già detto di no.»

«Credo nelle seconde possibilità.»

Si inumidì le labbra, chiedendosi come sarebbe stato un appuntamento con quell'uomo. Non era mai stata a un appuntamento. Nemmeno una volta. Anche se non era riuscita a leggergli la sorte, aveva molta esperienza nel leggere le persone in generale. Ophir sembrava il tipo di ragazzo che avrebbe trattato una ragazza come una principessa, almeno per la breve durata del suo gioco. In più era sexy da morire. Scosse la testa, stringendo le cosce. Il sesso non avrebbe esaudito il suo desiderio, ma il suo jinn avrebbe fatto di tutto per realizzarlo, persino trasformare un dongiovanni in un marito devoto. Eppure... come sarebbe stato baciare Ophir? Persino solo *dire* di aver baciato un uomo come Ophir?

Il campanello all'ingresso suonò, e i familiari passi delicati di Birdie risuonarono sul linoleum, riportando Tanika alla realtà. Si alzò e scostò la tenda di velluto, pesante come un sipario. «Mi dispiace. Proprio non posso.»

Anche Ophir si alzò, avvicinandosi a lei più del necessario per passare oltre. La sua impressionante altezza le dava le vertigini tanto quanto il profumo mascolino che lo circondava. Era Polo? Si chinò vicino per sussurrarle all'orecchio. «Lo farai. Sono un uomo paziente.»

Con ciò, si voltò verso Birdie. «Tu devi essere Birdie! Magari trovi il tempo per darmi una spuntatina?»

Tanika guardò la donna minuta arrossire fino alle radici biondo platino mentre Ophir si sedeva sulla sua sedia. Le lanciò un'occhiata come per chiederle il permesso. Tanika scrollò le spalle e annuì. Lasciava che spostasse la sua attenzione su un'altra donna. Non era un problema suo.

Eppure, mentre Birdie gli tagliava i capelli, chiacchierando di cose futili come il tempo, Tanika si ritrovò a cercare compiti da svolgere per rimanere nelle vicinanze, il suo sguardo che si posava sul bel viso di Ophir fin troppo spesso. E, peggio ancora, a sorprenderlo a guardarla a sua volta — fin troppo spesso — con l'accenno sexy di una fossetta all'angolo della bocca.

Senza sorpresa, lui fece un ampio occhiolino a Tanika, pagò in contanti e uscì con passo disinvolto senza un'occhiata indietro.

Birdie crollò sulla sua sedia. Si tolse i tacchi alti e si sventolò con la banconota da cento dollari che lui aveva lasciato. «Da dove è saltato fuori quel pezzo d'uomo?»

Tanika sbatté le palpebre verso la porta, sentendosi ancora stordita, poi riportò la sua attenzione sui bigodini che stava sistemando per la terza volta. «È semplicemente entrato qui dalla strada. Ha detto che stava cercando qualcuno.»

«Santo cielo, può cercare qualcuno sulla mia sedia quando vuole! O sotto la mia sedia, se capisci cosa intendo.» Birdie si raddrizzò e si infilò la banconota nel reggiseno. «Perché non ha chiesto a te di tagliargli i capelli?»

Scrollando le spalle, Tanika riportò i bigodini sullo scaffale di plastica. «Per distribuire la ricchezza? Gli ho fatto una lettura. O ci ho provato.»

«Cosa vuoi dire?»

Scosse la testa, ricordando la strana resistenza gommosa che aveva provato quando aveva concentrato la Vista su di lui. «È stato strano. Come se fosse stato ricoperto di plastica o qualcosa del genere. Potevo vedere la superficie, ma non l'uomo reale sotto.»

«Ohhh, misterioso. Forse ora qualcuno riuscirà finalmente a stuzzicare il tuo interesse, eh?»

Tanika sbuffò. «Sì, certo. Come se lui potesse essere interessato a me.»

«Per come continuava a guardarti allo specchio, non credo abbia sentito una parola di quello che ho detto.»

«Nessuno ascolta davvero quello che dici, Birdie. Parli sempre del tempo.»

«E di cosa dovrei parlare?»

«Non so. Cose succose.»

Birdie saltò giù dalla sedia e afferrò la scopa, spazzando via le tracce quasi inesistenti dei capelli di Ophir. «Non tutte noi abbiamo la Vista per trovare le cose succose.»

Tanika si portò una mano sul cuore. «Non uso mai il mio dono per il male.»

«Mmm. Be', forse dovresti farlo ogni tanto. Almeno per procurarci più clienti come quello.»

Sospirando, Tanika andò a prendere la paletta. Ancora qualche cliente come quello, e il suo demone avrebbe potuto ottenere ciò che voleva.

Ophir tornò alla pasticceria e scoprì che gli éclair erano finiti. Deluso, comprò invece un muffin gigante ai mirtilli e tre biscotti e si sedette a uno dei tavoli, osservando i clienti che entravano e uscivano dal piccolo caffè. Nel corso dei secoli, aveva attraversato periodi di dissolutezza: cibo, alcol, sesso, persino alcune delle interessanti droghe create dagli umani. Il suo corpo immortale poteva essere sommerso dai piaceri proprio come quello di un mortale. Ma a differenza dei mortali, una saturazione di vizi finiva sempre nella noia piuttosto che nella morte.

La voluttuosa gitana era un enigma interessante. Una via per tornare a casa, o qualcos'altro? Forse portava in sé una traccia di sangue di jinn. Ciò avrebbe spiegato il fremito di magia che emanava dalla sua pelle. Il sangue gli si scaldò al pensiero della pelle di lei. *Tutta* la sua pelle, nuda, adagiata su un letto di cuscini di seta, con i lucidi capelli neri sparsi a ventaglio intorno alla testa. Quanto tempo era passato dall'ultima volta che un mortale lo aveva incuriosito? Non si era più concesso di interessarsi, e tanto meno di affezionarsi, a una di quelle creature dalla vita effimera da quando Emelda gli era stata portata via.

Una ferita profonda dentro di lui minacciò di riaprirsi, e scosse la testa per scacciarla. Non era il momento di cadere in quel baratro. Un portale era vicino. Casa era vicina, piena di altri jinn con vite abbastanza lunghe da avere importanza. Basta vivere tra questi umani dalla vita così dolorosamente breve. Doveva solo capire come convincere Tanika ad aprirsi.

Leccandosi le briciole dalle dita e sorseggiando il caffè, osservò un bambino che premeva la fronte contro la vetrina del locale mentre la madre pagava il loro ordine. Mortali. Erano fatti per morire; i giovani erano particolarmente vulnerabili. Eppure, in qualche modo, la razza continuava ad andare avanti come se stesse facendo qualcosa di importante. Aveva visto generazione dopo generazione rifiutarsi di imparare dagli errori precedenti.

Be', lui dai suoi aveva imparato. Niente legami con i mortali.

Tanika era mortale, quindi il suo interesse per lei doveva rimanere soltanto un mezzo per raggiungere un fine. Come ogni mortale che poteva accedere a un jinn, teneva quell'informazione per sé. Avrebbe dovuto sedurla per estorcerle quell'informazione. Ma lei aveva già messo in chiaro di non essere interessata. Era rimasta impassibile di fronte a lui, ai suoi soldi e persino alla sua sottile magia seduttrice. All'inizio aveva pensato che fosse l'incanto magico che aveva percepito in tutto il salone a interferire, ma Birdie aveva reagito come previsto. Solo Tanika sembrava immune. Avrebbe dovuto sedurre la sexy gitana alla vecchia maniera, con il fascino.

Il proprietario del caffè si avvicinò al tavolo di Ophir con una caffettiera in una mano. Aveva gli avambracci sporchi di farina e camminava con la cautela di chi ha i piedi indolenziti, ma Ophir percepì che quell'uomo amava il suo negozio, amava la comunità che sentiva di aver costruito. «Glielo riempio?» domandò l'uomo.

Ophir annuì e spinse in avanti la tazza. Quella versione di sé era di gran lunga una delle sue preferite. Sia le donne che gli uomini reagivano favorevolmente a un uomo alto, affascinante ed evidentemente ricco nel fiore degli anni. «Grazie.»

L'uomo versò il caffè fumante e aromatico nella tazza. «Non l'ho mai vista qui. È nuovo in città?»

«Sì. Mi chiamo Ophir.» Allungò una mano per stringerla. «Sembra che lei abbia molti clienti abituali qui.»

«È l'unico modo per tenere aperto. Gregory Daniels.»

«Sembra che siano tempi duri da queste parti.» Ophir soffiò un piccolo incantesimo di fiducia verso il vecchio, sperando di ottenere più informazioni. «Conosce Tanika? Del salone?»

Le rughe sul viso del signor Daniels si incresparono in un sorriso. «È un amico di Tanika?»

«L'ho appena conosciuta, in realtà. Vorrei invitarla a uscire.»

«Oh, è un tesoro. Lavora fin troppo. Tenga.» Daniels tornò dietro al bancone e ne riemerse con un sacchetto. «Porti questo a lei. Ha un debole per i dolci.» Gli fece l'occhiolino.

Debole per i dolci. Buono a sapersi. Ophir chinò riconoscente la testa. «È troppo gentile.»

«Sia buono con lei. Non esce molto.»

«Farò del mio meglio.» Ophir lasciò una banconota da cento dollari sul tavolo e si diresse verso la porta, pensando a quanto gli sarebbe piaciuto essere buono con lei.

Sul marciapiede, la luce del tardo pomeriggio si rifletteva sull'asfalto mentre il rombo delle auto di passaggio riempiva l'aria. Un senzatetto sedeva con le gambe tese su metà del marciapiede, chiamando una donna che passava di fretta. «Sposami! Sposami!»

Lanciando un incantesimo per incoraggiare l'uomo a dormire, Ophir gli girò intorno. Non c'era da stupirsi che quelle attività faticassero ad andare avanti. Si diresse al salone, respirando a fondo l'aroma di anice. All'interno, Birdie era china su un'anziana signora sulla sua sedia. Si voltò verso la porta. «Oh, di nuovo salve!»

Esaminando la piccola area, Ophir sollevò il sacchetto. «Ho una consegna per Tanika.»

«Oh, no! Se n'è appena andata.» Le sopracciglia di Birdie si aggrottarono in un sincero rammarico, e lui si scoprì a trovarla simpatica suo malgrado. Si leccò le labbra e guardò l'orologio a muro. «Non credo che tornerà stasera.»

Ophir aprì il sacchetto e guardò dentro. Un lucido éclair al cioccolato giaceva in un pezzo di carta increspata sul fondo. Ridacchiò. «Quel vecchio pasticcere mi aveva detto che li aveva finiti.»

«Intendi il signor Daniels?»

«A quanto pare a Tanika piacciono i dolci.» Ophir inclinò la testa. Tanto valeva cominciare a esercitarsi nella coercizione senza usare la magia. «C'è modo di farle sapere che sono qui?»

Birdie sorrise. «Così si fa. Perché non la chiamo? Puoi aspettare, se vuoi.»

«Te ne sarei molto grato.»

Mentre lei tirava fuori il telefono in fretta e componeva il numero, lui si diresse verso la zona separata dalla tenda. Tanto valeva usare quel tempo per cercare il portale. Lasciare un talismano jinn incustodito sarebbe stato un errore da principiante —d'altronde Tanika era umana. La sua razza commetteva errori da principiante da millenni.

Fece scorrere la punta delle dita lungo la tenda di velluto, sul tavolino traballante e fino alla sedia dove si era seduta Tanika. L'intero salone puzzava di prodotti chimici per capelli e candele profumate, ma al di sotto si percepivano i resti di magia, sia vecchia che nuova. Lanciando un'occhiata a Birdie, che parlava al telefono guardandolo da sotto le ciglia, si sedette con noncuranza sulla sedia della sensitiva e passò una mano sotto il tavolo. Niente. Posò il sacchetto e lasciò che il suo sguardo vagasse per le pareti. Un economico orologio di plastica a forma di gatto e una vecchia foto incorniciata erano le uniche decorazioni oltre agli specchi. Alzandosi, si avvicinò alla foto, piegandosi leggermente per guardare i volti segnati dal tempo di due donne che lo fissavano come se non avessero voluto essere fotografate. I loro capelli scuri e ricci gli ricordarono Tanika. Parenti?

Birdie chiamò dall'altra parte del salone: «Sarà qui tra pochi minuti.»

Avvicinandosi alla sedia di Tanika, annusò in cerca di magia mentre si lasciava cadere sulla finta pelle consumata. Ancora niente. L'anziana signora sulla sedia di Birdie gli sorrise raggiante. «Non è un bel giovanotto, lei?»

Lui sorrise educatamente, smanioso di perquisire il bancone e lo specchio. Avrebbe potuto lanciare un incantesimo di occultamento per farlo, ma per qualche ragione l'idea di affascinare Tanika senza magia aveva una forte presa su di lui, e voleva "giocare pulito", anche se solo nella sua mente. Invece di usare la magia, si sedette e fissò ogni oggetto come se potesse mettersi a parlare e rivelare tutti i segreti del salone e, si spera, alcuni di Tanika. Diverse buste giacevano sul bancone, quella in cima timbrata con un grande avviso rosso di SCADUTO. Bombolette di lacca e mousse. Diversi pettini e spazzole di plastica. Lungo il bordo sinistro dello specchio, foto di persone a caso e sorridenti si sovrapponevano in un collage che non capì. Niente di vecchio. Niente di metallico. Niente che somigliasse a un *portale*.

Dopo pochi minuti, il campanello sopra la porta tintinnò e Tanika entrò, il viso leggermente arrossato e il seno prosperoso ansimante. Aveva le sopracciglia aggrottate per la preoccupazione, ma quando il suo sguardo incrociò il suo nello specchio, sembrò rilassarsi. Fulminò Birdie con lo sguardo. «Hai detto che avevo un cliente in emergenza.»

«Quest'uomo è abbastanza sexy da far scattare l'allarme antincendio.» Birdie agitò le forbici senza alzare lo sguardo. «Io la chiamo un'emergenza.»

La signora sulla sua sedia si coprì la risata con le dita.

Ophir si alzò, stiracchiandosi languidamente, consapevole dell'effetto che il suo corpo aveva sulla maggior parte delle donne. «È un éclair di emergenza, in realtà. Gliel'ha mandato il signor Daniels. È l'ultimo, e mi dispiacerebbe si facesse stantio durante la notte.»

Il suo viso si addolcì. «Il signor Daniels? Capisco. Be', grazie.»

«Ha detto che l'avresti diviso con me.»

Lei sollevò un sopracciglio, un piccolo sorriso che le giocava all'angolo della bocca. «Non divido i miei dolci. Non si vede?»

Ophir emise un sospiro melodrammatico. «Be', allora immagino che dovrò mangiarne il resto io.»

«Il resto?»

Lui si strinse nelle spalle. «Avevo fame.»

«Mi hai mangiato il mio éclair?» Lei sbatté le palpebre, come se non potesse davvero credere alle sue parole.

Lui sfoderò il suo miglior sorriso, quello più sensuale. Erano eoni che non doveva fare affidamento esclusivamente su arguzia e fascino, e si sentiva un po' arrugginito. La sfida era deliziosa, specialmente con qualcuno di testardo come Tanika. «Lascia che rimedi con una cena.»

Lei incrociò le braccia, il viso indurito. «Ti ho detto che non esco con te.»

«Dammi una buona ragione per non farlo.»

Birdie parlò da dietro di lui. «Lei non esce con nessuno.»

Tanika la guardò torva.

Forse una precedente delusione d'amore l'aveva resa diffidente. Fece un respiro e cambiò tattica. «Non ti sto chiedendo un appuntamento. Ti sto ripagando per l'éclair.»

La voce tremolante dell'anziana signora intervenne. «Dia una possibilità al giovanotto.»

«Sicuramente cenerai, no?» chiese Ophir.

«Ho detto di no», sibilò Tanika tra i denti.

Quella donna era più di una sfida. Era impossibile. Come poteva affascinarla senza magia? Si ricordò delle bollette scadute sul bancone. Forse poteva trovare un altro modo per coinvolgerla. Emise un sospiro melodrammatico. «Speravo di essere più discreto, ma immagino che andrò dritto al punto. Voglio investire nel tuo salone.»

La stanza piombò nel silenzio, persino lo "zac zac" delle forbici di Birdie si fermò.

«Pensi che io sia stupida?» chiese Tanika. «Nessuno vorrebbe mai investire in questo posto.»

Lui sollevò entrambe le mani, con i palmi rivolti in fuori. Aveva finalmente toccato un nervo scoperto. Ma avrebbe dovuto giocare bene le sue carte o lei lo avrebbe sbattuto fuori a calci. «Sei la prima vera sensitiva che incontro. Un essere umano in carne e ossa con una vera traccia di magia», disse. La verità delle sue parole gli agitò il sangue. Se non avesse mai trovato un portale per casa, lei avrebbe potuto essere la cosa più vicina alla sua specie che avrebbe mai incontrato. Si fece avanti e le mise una mano sul gomito. La pelle morbida sotto la punta delle dita gli inviò un brivido inaspettato di piacere lungo il braccio. «Possiamo parlarne a cena?»

Per un breve istante, lei resistette alla pressione della sua mano.

Lui le avvolse le dita intorno all'interno del braccio, accarezzandole con il dito medio l'interno del gomito. Un piccolo brivido le percorse la pelle sotto la punta delle sue dita, e un rossore le imporporò le guance. Lui sorrise e con una voce bassa e intima, chiese: «Per favore?»

Con suo grande piacere, lei gli permise di guidarla verso la sua decappottabile.

Quattro

Tanika si allacciò la cintura, ancora frastornata, mentre guardava Ophir fare il giro del muso della Ferrari decappottabile rosso fiammante per mettersi al posto di guida. *Porca puttana, guida una dannata Ferrari.* Se non fosse già stata in una sorta di trance ormonale per il suo tocco sul braccio, sarebbe svenuta sul sedile. Dal primo momento in cui era entrato nel salone, aveva avuto fantasie a luci rosse, e ora era a un appuntamento con lui. In una Ferrari. O quantomeno la cosa più vicina a un appuntamento che avrebbe mai avuto.

È solo una cena di lavoro, si ricordò. Ma non riusciva a staccare gli occhi dal taglio ampio delle sue spalle o da come gli stava il sedere in quei jeans indubbiamente costosi.

Lui scivolò al suo posto e si voltò a guardarla. «Abbasso la capote?»

Tutto ciò a cui riusciva a pensare era di mostrargli il seno. I capezzoli le si indurirono al pensiero del suo sguardo che indugiava sulla sua carne. Dita che sfioravano le sensibili punte rosate. Forse quella sua bocca sensuale...

Tornò bruscamente alla realtà e annuì, estremamente consapevole del suo profumo mascolino da dove era seduta. Lui mise in moto. Con muto fascino, lei osservò la sua mano spostarsi sulla leva del cambio e inserire la prima. Così vicino al suo ginocchio sinistro da mandarle un brivido di piacere lungo la gamba, che si raccolse basso e caldo nel suo ventre. Represse l'impulso di divaricare le ginocchia ed entrare in contatto con quella mano. Era vergine, ma ciò non significava che non potesse immaginare come sarebbe stato lasciare che il suo palmo si spostasse e scivolasse lungo l'interno della sua coscia...

Distogliendo lo sguardo di scatto, strinse le ginocchia e si costrinse a fissare il parabrezza.

Lui si immise nel traffico e accelerò rapidamente, svoltando bruscamente a un angolo per poi puntare verso la rampa dell'autostrada.

Lo stomaco le si contorse per l'accelerazione. Superò un furgone ingombrante, sorpassando una fila di auto sulla destra. Lei sogghignò, con i ricci che le sferzavano il viso.

Lui la guardò. «Ti piace la velocità?»

«Oh, sì» ansimò lei, gettando la testa all'indietro mentre l'auto sfrecciava in avanti. La velocità era inebriante.

Lui cambiò di nuovo marcia, infilandosi tra due berline prima di spostarsi sulla corsia lenta. Poi accelerarono di nuovo, e il rombo del motore della decappottabile le vibrò fin nelle ossa.

Troppo presto raggiunsero l'uscita, e lui rallentò a un'andatura più ragionevole per le strade secondarie. Si fermarono dolcemente davanti a Bottega Soleil, il ristorante francese più elegante della città. A quanto si diceva, il locale era al completo per mesi. Non aveva detto di essere nuovo in città?

Lei si scostò i capelli dal viso con entrambe le mani, senza fiato per la sua seduzione a base di velocità, e allungò una mano verso la maniglia della portiera. Lui le aveva già aperto lo sportello, con una mano tesa per aiutarla ad alzarsi dal sedile basso. Come aveva fatto? Tutto ciò cominciava a sembrare sempre di più un appuntamento. Il sudore le imperlò la pelle sotto le ascelle. Accettò la mano che lui le offriva, sentendo la pelle formicolare al contatto, e si alzò dal sedile avvolgente. «Sai che qui non si entra senza prenotazione?»

«Non preoccuparti.» Lui fece un sorrisetto. «Un tavolo ce lo rimedio io.»

Le cinse il gomito con la mano, facendole battere il cuore all'impazzata, e la guidò verso la porta. Il maître li guardò e sorrise. Be', sorrise a Ophir. Il suo sguardo sprezzante sorvolò i pantaloni neri economici e la blusa da contadina di Tanika per poi rifiutarsi di guardarla di nuovo.

«Aspetta qui», disse Ophir, e si diresse con fare disinvolto verso l'uomo. Dopo poche parole e una generosa mancia, l'uomo li accompagnò nella sala da pranzo, illuminata in modo soffuso. Un quartetto d'archi suonava dolcemente in un angolo della stanza, e tovaglie bordeaux cadevano in pieghe perfette su tutti i tavoli, con ogni coperto scintillante di cristalli e argenteria. Singoli boccioli di rosa bianca fungevano da centrotavola, e gli ospiti indossavano perle e cravatte. Con sua sorpresa, il maître le scostò la sedia, le spiegò il tovagliolo e glielo posò in grembo.

«Grazie», mormorò lei.

La cameriera arrivò subito dietro il maître, posando un cestino sul tavolo e porgendo a ciascuno un menù. Sorrise radiosamente a Ophir, giocherellando con il primo bottone della camicetta mentre gli porgeva la lista dei vini. «Posso portarvi qualcosa da bere per iniziare?»

Ophir prese la lista senza guardare la donna, con lo sguardo fisso su Tanika. «Preferisci il vino rosso o il bianco?»

La pelle di Tanika formicolò sotto la sua attenzione, una sensazione che si concentrò nel profondo del suo ventre. Mai in vita sua aveva provato una reazione simile per un uomo. Ogni cosa che faceva sembrava avere una connotazione sessuale, anche se solo nella sua mente. Lui la faceva sentire... euforica. Non c'era altro modo per descriverlo. Scuotendo la testa, mise le mani in grembo. «Dell'acqua andrà bene.» Meglio mantenere la testa lucida con quel tipo.

Ophir restituì la lista. «Inizieremo con frutta fresca e formaggio, più due calici di rosso della casa.»

La cameriera annuì e si allontanò ancheggiando. Tanika rimase rigida sulla sedia, con lo sguardo fisso su Ophir. «Restiamo su un piano professionale.»

Lui sollevò il tovagliolo tra due dita curate e lo aprì con un gesto secco prima di stenderlo sul grembo. «In che modo non sarei professionale?»

«Hai ordinato il vino.»

«Non hai mai bevuto vino a una cena di lavoro?» Lui sollevò un sopracciglio.

Tanika si sentì improvvisamente una nullità. «In realtà non sono mai stata a una cena di lavoro.»

Un sorriso sexy gli accarezzò la bocca. «Io non ho mai incontrato una zingara tanto onesta.»

Le si strinse il petto. Sua madre si definiva una zingara. Tanika aveva passato i primi otto anni della sua vita in viaggio. Il suo desiderio di un marito e di una famiglia era nato dal desiderio di stabilità. Stringendo i pugni in grembo, Tanika rispose con un sussurro che non era nemmeno sicura Ophir potesse sentire: «Non sono una zingara.»

Lui inclinò la testa, come se stesse ascoltando qualcosa di più profondo delle sue parole. «Suppongo di no, in effetti.»

La cameriera tornò con due calici di vino e se ne andò. Il quartetto d'archi iniziò a suonare un valzer familiare, e ogni nota faceva vibrare l'aria come un battito cardiaco. Ophir sollevò il suo calice e sorseggiò, i suoi profondi occhi marroni la scrutavano da sopra il bordo. A disagio, lei fissò il proprio bicchiere, ma non lo toccò. «Perché mi hai portata qui, davvero?» chiese lei.

Passò un momento. «Voglio davvero investire in te. Riesci a vedere il futuro?»

Prendendo un respiro, pensò a come tradurre in parole il suo dono. «Non tanto il futuro. Piuttosto... il desiderio di una persona.»

«E tu ne approfitti.»

«No!» Sua madre aveva usato la sua dote in quel modo. Valutava il desiderio più profondo di un cliente e poi sguinzagliava il djinn contro quelli più disposti a pagare. Il cliente otteneva il suo desiderio, la mamma otteneva i suoi soldi e il demone guadagnava un'altra anima. «Non uso mai il mio dono per sfruttare. Solo per dare forza.»

«Be', è questo il tuo problema. Ti svendi. Sembra che tu abbia bisogno di un consulente aziendale.»

Lei distolse lo sguardo. Birdie le diceva sempre la stessa cosa. La verità era che non si faceva pagare abbastanza. A volte dava consigli gratis. I suoi clienti erano spesso a basso reddito e avevano bisogno di una spalla su cui piangere tanto quanto di qualsiasi altra cosa. Come faceva questo sconosciuto a sapere così tanto di lei? «I miei clienti non hanno tanti soldi.»

«Immagino che la maggior parte di loro desideri la ricchezza. Non puoi... guidarli... verso di essa?»

«La maggior parte delle persone dice di volere i soldi, ma se guardi più a fondo scoprirai che in realtà desidera qualcos'altro. Qualcosa che pensano che i soldi possano comprare. Di solito non è così. Io li aiuto a concentrarsi sulle cose che desiderano e che hanno proprio davanti agli occhi.»

Un piccolo vassoio di formaggi, uva, fichi e melone parve apparire sul tavolo davanti a loro, come per magia. Ophir scelse un acino d'uva polposo, se lo mise in bocca e masticò lentamente. Doveva per forza essere così dannatamente sexy in ogni movimento?

«E inoltre...» Tanika allungò la mano per prendere un pezzo di melone, inalando il profumo dolce e umido prima di mordicchiarlo. «Se sapessi come mettere le mani su un mucchio di soldi, non credi che l'avrei già fatto?»

Lui rise. «Pensavo che fosse per questo che stai parlando con me.»

Tanika sorrise, rifiutandosi di abboccare all'amo. «Sei tu che hai insistito per portarmi a cena fuori. Stai dicendo che sei il mio desiderio che si avvera?»

«Posso esserlo, se vuoi che lo sia.» Il rombo basso della sua voce e l'intensità del suo sguardo le fecero tremare le viscere.

Lei distolse lo sguardo, studiando gli altri ospiti mentre riacquistava la calma. Quasi tutte coppie. Una famiglia nell'angolo aveva un bambino piccolo. Chi poteva permettersi di portare un bambino in un ristorante come questo? Un'altra coppia vicina era seduta a guardarsi profondamente negli occhi, la pancia incinta della moglie che premeva contro il bordo del tavolo. Non riuscì a nascondere l'amarezza nella sua voce quando disse: «Non hai idea di quale sia il mio desiderio.»

La cameriera apparve di nuovo, e Tanika si rese conto di non aver nemmeno aperto il menù. Senza battere ciglio, Ophir ordinò per entrambi, e la cameriera portò via i menù. «Sono abbastanza bravo a indovinare i desideri di una donna», disse lui con una voce sensuale. Lei inspirò bruscamente quando lui si sporse in avanti. «Dammi la mano.»

Senza pensare, gli offrì il palmo, supponendo che stesse per giocare di nuovo a leggerglielo. Le sue lunghe dita si avvolsero delicatamente intorno alle sue e lui si alzò dal tavolo, tirandola in piedi. «Mi concedi questo ballo?»

Senza darle il tempo di rispondere, la trascinò verso il quartetto. Una piccola pista da ballo si trovava tra i musicisti e i tavoli, ma nessuno la usava. Lei balbettò, fin troppo consapevole di ogni occhio nel ristorante che li seguiva. Il battito del suo polso nelle orecchie sovrastò la melodia del quartetto d'archi. «Non so...»

Sul bordo del parquet, lui si girò, tirandola a sé con un unico movimento fluido del suo braccio muscoloso. Si ritrovò premuta contro il suo petto, con le sue mani sulla vita di lei e i suoi piedi che la guidavano come se si fossero esibiti insieme per anni. Da vicino, il suo profumo mascolino le faceva venire l'acquolina in bocca.

Lei fece scorrere le dita tremanti sul suo petto muscoloso per posarle sulle sue spalle, lasciandosi trasportare. Gli sguardi degli altri clienti del ristorante svanirono nell'insignificanza. Quel momento era esattamente come aveva sempre sognato che sarebbe stato il suo ballo di fine anno. O il suo primo ballo da sposa. Inclinò il viso per guardarlo. Una barba scura e corta ombrava la sua mascella spigolosa, e il cerchio di ciglia intorno ai suoi occhi le fece quasi pensare che dovesse essere truccato. Come sarebbe stato passare anche solo una notte con un uomo come lui? Anche solo un bacio?

Lui le sorrise dall'alto. «Sei incantevole quando arrossisci.»

Il calore che le era salito al viso durante la camminata verso la pista da ballo si intensificò alle sue parole. Ma lei non lo lasciò. Non aveva bevuto una goccia, eppure eccola lì, quella sensazione vertiginosa e inebriante di essere travolta. «La gente balla alle cene di lavoro?»

Le sue labbra le sfiorarono l'orecchio, e la sua voce bassa le arrivò dritta al cuore, facendole sciogliere le ginocchia. «Se non lo fanno, dovrebbero, non credi?»

La strinse forte a sé, compiendo una piccola piroetta che la lasciò ancora più stordita. Il suo corpo fremeva di desiderio dalla testa ai piedi. Si aggrappò a lui mentre si assestava in un ritmo costante che le fece pensare ad altri ritmi che non aveva mai sperimentato. Oh, mio Dio, quella che sentiva premere contro di lei era la sua erezione? Il calore minacciava di bruciarle i vestiti addosso.

Chiudendo gli occhi, girò il viso verso di lui; lo sfregamento della sua barba corta sulla guancia fu emozionante come qualsiasi giro in macchina. Non era mai stata così vicina a un uomo. Probabilmente non lo sarebbe mai più stata. Una vocina dentro di lei la incoraggiò. Un bacio, solo per provare. Erano in un luogo pubblico: cosa mai poteva andare storto? Il suo respiro le alitò contro, infiammando ancora di più la sua passione.

Poi le sue labbra incontrarono le sue in un'esplosione di luce.

Cinque

Nelle intenzioni di Ophir, il bacio sarebbe dovuto essere rapido, quasi casto. Un test per saggiare il desiderio di lei. Invece, si ritrovò a divorarle le labbra, ogni atomo del suo essere che anelava a unirsi a lei, mentre la sua lingua le esplorava la bocca. Il suo polso accelerò quando lei gemette, un suono lieve e vibrante, sciogliendosi tra le sue braccia come se anche lei sentisse il bisogno di intrecciare le loro anime. Corrispose alla passione crescente di lei. Era impossibile non farlo. Un fuoco lento si propagò in lui mentre continuavano a baciarsi, ancora cullati a tempo dal quartetto d'archi, e lui alimentò quella fiamma a ogni affondo sinuoso della lingua. Non si era mai sentito così affamato. Così folle di lussuria. Il desiderio si aggrappò a ogni fibra del suo essere con una forza inebriante, come se si fosse impossessato della sua stessa anima umana.

Eppure lei era lì, viva e vegeta, il suo corpo voluttuoso allineato al suo, i capezzoli turgidi contro il suo petto. Le dita di lei gli si conficcarono nelle spalle, tirandolo più vicino, come se temesse che potesse sparire da un momento all'altro.

Lui non aveva alcuna intenzione di scomparire.

Inclinando i fianchi, le premette il cazzo, duro come la roccia, contro la morbidezza del ventre. Un brivido la percorse, e lui le afferrò saldamente i fianchi. La passione di lei era più di una droga. Era come una magia, e ne desiderava ancora.

Lei si tirò indietro con un sussulto, interrompendo il contatto tra le loro labbra. «Non credo sia una buona idea.»

Lui si avvicinò, sfiorandole la guancia con le labbra. «Hai il sapore della magia, Tanika. Ne voglio ancora.»

Lei esalò un soffio di alito dolce all'anice contro il suo collo e voltò il viso, esponendo la nuca. «Non sempre si può avere ciò che si desidera.»

Invece di prenderlo come un rifiuto, lo interpretò come un invito e abbassò il viso nell'incavo della sua gola, sfregando il naso lungo la sua pelle satinata. Aprì leggermente le labbra e inspirò a fondo, assaporando i suoi feromoni insieme alla magia. Grande Allah... la voleva. Voleva riversare la sua energia dentro di lei. Per vedere cosa potesse nascere da un'unione con quella mortale. Il desiderio lo sconvolse.

Si allontanò per guardarla negli occhi. Nemmeno Emelda, con tutto il suo addestramento da harem, aveva mai acceso in lui una brama così primordiale, un desiderio di diventare una cosa sola. Tanika era un'intrigante miscela di innocenza ed esperienza che non aveva mai incontrato prima. E il dolce profumo di anice della sua pelle parlava di un sangue ben più che mortale. Sì, certo. Era quello il motivo della sua reazione intensa. Dopo tanto tempo lontano dalla sua specie, la magia che le scorreva nel sangue stava risvegliando i suoi istinti. Il cazzo gli pulsò dolorosamente e le palle gli parvero pesanti come il ferro al pensiero di possederla. Al diavolo il portale, lui aveva bisogno di quella donna.

Le fece scivolare una mano lungo la schiena, fino a copparle la nuca. «A volte i desideri cambiano.»

Lei aggrottò le sopracciglia. «Non i miei.»

«Dimmi cosa desideri.»

«Non ha importanza. Soprattutto per un uomo come te.»

Un uomo come me. Come lo vedeva, esattamente? Socchiudendo gli occhi, lanciò un incantesimo di occultamento intorno a loro e la trascinò via dalla pista da ballo, verso le cucine. I camerieri si fecero da parte senza nemmeno rendersene conto, e ben presto lui la condusse oltre i cuochi e i lavapiatti, in uno stretto corridoio che portava al piccolo ufficio scarsamente illuminato del direttore.

Lei lo aveva seguito stordita fino a quel momento. Sulla soglia dell'ufficio si tirò indietro. «Non verrò lì dentro con te.»

«Perché no?»

«Ti conosco a malapena. E non sono il tipo di ragazza che lo fa nei vicoli malfamati con degli sconosciuti. Dovremmo tornare al tavolo e parlare del salone.» Tentò di passare sotto il suo braccio e di ritirarsi nella frenetica cucina, ma lui piantò il palmo contro il muro per bloccarle il passaggio. L'idea di farlo in un vicolo malfamato con lei — di farlo ovunque con lei, dappertutto con lei — elevò le fiamme del suo desiderio a nuove vette.

«Questo non è un vicolo malfamato», le sussurrò contro l'orecchio; il suo profumo gli fece venire l'acquolina in bocca. Era così vicino da poterle assaggiare la pelle. Resistette. «E non abbiamo finito. Non ancora. Devi rispondere alla mia domanda.»

«Quale domanda?»

«Riguardo al fatto che posso esaudire il tuo desiderio.»

Lei si girò per fronteggiarlo e si mise le mani sui fianchi. «Come se non avessi mai sentito questa frase prima.»

Lui sorrise, sentendosi sorprendentemente mortale. Persino vulnerabile. Per qualche ragione, la sensazione era piacevole. «Ha funzionato?»

Alzandosi in punta di piedi, lei premette la bocca contro il suo orecchio. «No.» Tornò alla sua altezza normale. «Probabilmente il nostro cibo si sta freddando.»

Invece di farsi da parte, lui le afferrò i fianchi e la spinse contro il muro. La sua bocca soffocò il sussulto di lei mentre le immergeva la lingua tra le labbra, baciandola con affondi profondi e sinuosi. Le sue mani le modellarono i fianchi, ma mantenne un soffio di distanza tra i loro corpi, facendole capire che se avesse opposto resistenza, si sarebbe tirato indietro.

Lei non lo fece.

Con sua soddisfazione, divenne arrendevole e si appoggiò a lui. Intrecciando le dita nei ricci sulla nuca di lui, ricambiò i suoi baci esplorativi. L'essenza di lei lo riempì, fondendosi con la sua magia. Allargando la posizione, puntellò le gambe e spinse una coscia tra le sue, premendola più saldamente contro il muro. Lei inclinò i fianchi contro di lui, il calore che si irradiava dal suo sesso minacciava di bruciargli la stoffa dei pantaloni.

Mentre le loro lingue danzavano e si avvolgevano, l'impulso di averla divenne più forte. I suoi piccoli gemiti di piacere agivano come sabbie mobili: resistere o lottare lo avrebbe solo fatto sprofondare più velocemente. Ogni centimetro della sua pelle fremeva dal desiderio di sentirla nuda contro di sé.

Le sollevò l'orlo della casacca, sfiorando con il palmo la pelle morbida come raso sottostante. *Ancora.*

Aveva bisogno di più. Facendole scivolare la mano fino alla parte bassa della schiena, gliela infilò sotto la vita dei leggings per afferrarle il sedere sopra le mutandine di cotone. La sollevò contro di sé, impastandole la carne.

Lei sussultò, le gambe che si alzarono per agganciarsi alla sua vita, le caviglie incrociate sulla parte bassa della schiena di lui. Dannazione, era così sexy.

Staccandola dal muro, la portò dentro l'ufficio, chiudendo la porta con un calcio dietro di loro. Nessuno li avrebbe disturbati con il suo incantesimo attivo. In un angolo della sua mente, sapeva che stava commettendo un errore. Quella donna lo baciava come se fosse affamata. Come se fosse lei stessa un jinn, sul punto di consumargli l'anima. L'ignoto della sua natura lo raggelò. Eppure Tanika era la prima femmina che incontrava a risvegliare la sua natura elementale. Più che semplice sesso, lei suscitava gli istinti puri e primari che spingono un jinn ad accoppiarsi.

Accoppiarsi? L'idea lo spaventava tanto quanto lo attraeva. I jinn non prendevano un compagno alla leggera. Il sesso era semplice sfogo. L'accoppiamento era un legame, pericolosamente indissolubile quanto la magia di esaudire i desideri. E lei si sarebbe consumata in un batter d'occhio.

Non pensare all'accoppiamento. Devi solo averla per togliertela dalla testa. Poi potrai andare avanti.

La portò verso un divano di pelle contro una parete, volendola assaporare, per farle provare la stessa intensità di desiderio che ora gli scorreva nel sangue. Adagiandola sui cuscini senza interrompere il bacio, le intrecciò una mano tra i riccioli dietro la testa per accompagnarne la discesa. Si sistemò contro di lei, baciandola profondamente, ancora e ancora, finché lei non aprì le gambe e agganciò la gamba libera dietro il suo ginocchio. I suoi fianchi si assestarono contro di lei, il suo cazzo pulsante premuto forte contro il suo sesso. Lei gemette, le mani che lo artigliavano, attirandolo più a fondo nel bacio mentre i suoi fianchi si inclinavano verso l'alto contro di lui.

Interrompendo il bacio, scese con la bocca lungo la sua mascella per mordicchiarle l'orecchio. Un brivido le percorse il corpo a quel tocco sensibile. Le fece scivolare una mano lungo i leggings per accarezzarle l'interno della coscia dal ginocchio all'inguine, il pollice che tracciava una linea dritta verso l'apice del suo desiderio.

«Cosa stai facendo?» Lei strinse la presa sulla sua camicia, accartocciando il tessuto tra i pugni, ma non lo respinse.

«Ti sto toccando.»

Aspettò un momento, dandole la possibilità di negarsi, poi spostò la mano più in alto, coprendole il sesso rivestito di stoffa. Ad accoglierlo furono calore e umidità.

Lui gemette. L'istinto di strapparle i vestiti dal corpo e di affondare profondamente dentro di lei lo attanagliò. Gli sarebbe calzata a pennello; lo sentiva. Il suo cazzo ebbe uno scatto, assumendo vita propria, e il liquido prespermatico gli inumidì i boxer. Sarebbe stato così facile perdersi in lei. Aveva bisogno di possederla e niente lo avrebbe fermato.

Puntellandosi su un gomito, la guardò dall'alto. Sarebbe stato troppo facile andare troppo veloce, prendere senza preoccuparsi dei bisogni di lei, e voleva che lei lo desiderasse tanto quanto lui la desiderava. Il suo sguardo socchiuso era assonnato su di lui, la sua bocca deliziosa, gonfia dei suoi baci. «Ti piace essere toccata, non è vero?»

Lei deglutì a fatica, ma non rispose. E lui aveva un gran bisogno di sentire la sua voce.

«Rispondimi.»

«Sì», sussurrò lei, chiudendo gli occhi.

Le fece scivolare la mano fino alla vita e di nuovo si infilò le dita sotto il tessuto. Facendo passare le dita sotto l'elastico delle mutandine, si fece strada tra i morbidi riccioli che le coprivano il pube. Lei trattenne il respiro.

Grande Allah, voleva entrare. Sentire il suo calore avvolgerlo. Il modo eccitato ma esitante con cui le sue mani si aggrappavano alla sua camicia mentre il suo stomaco tremava gli fece domandare quanta esperienza avesse esattamente. Dal modo in cui aveva baciato, avrebbe detto che ne aveva viste tante. Forse si era sbagliato?

Affondò le dita più a fondo, aprendola. Lei emise un grido, i glutei che si contraevano in risposta al suo tocco.

«Sei bagnata, Tanika.» Le accarezzò il clitoride gonfio con il dito medio, lasciando che le altre due dita le massaggiassero le grandi labbra. «Così bagnata. Mi piace.»

«Non dovrei...» Il suo sedere si strinse più forte,

sollevandosi verso il suo tocco. «Oh, Dio. Non dovremmo farlo.»

Le fece passare un dito tra le pieghe, sondandone l'apertura. «Vuoi che mi fermi?»

«Dovrei dire di sì.» Incrociò il suo sguardo, le sue iridi, finestre aperte sulla sua lussuria. Si mordeva il labbro superiore mentre ansimava, rivelandogli il suo desiderio conflittuale.

«Non farò nulla che tu non voglia.» Ma non le diede la possibilità di riconsiderare. Le tirò giù i pantaloni intorno ai fianchi, esponendo la sua pelle olivastra al suo sguardo. «Voglio solo darti piacere.»

«Ci conosciamo a malapena.»

In quel momento, era pronto a metterle a nudo la sua anima. A rivelarle la sua natura. A esaudire ogni desiderio. Abbassò il viso per baciarle l'osso dell'anca esposto. «Ci conosceremo. Te lo prometto.»

Lei ansimò, il ventre che le tremava sotto la sua guancia. «Siamo in un luogo pubblico.»

«È per questo che siamo venuti qui.» Le leccò la pelle, facendo scivolare le dita lungo le sue pieghe umide.

«Lo avevi pianificato?» ansimò.

«Non esattamente.» Stuzzicandole l'apertura, le fece scivolare un dito nel suo calore stretto e bagnato.

Lei emise un grido tremante, il suo nucleo di velluto che si contraeva intorno a lui. «Oh, Dio, è magnifico.»

Premette un secondo dito sulla sua apertura e incontrò resistenza fisica. *È vergine?* Perse quasi il ritmo. La scoperta lo sconvolse e fece nascere in lui un sentimento protettivo che non provava da secoli. Un bisogno di custodire e nutrire. Di onorarla. Dai tempi di Emelda, aveva evitato a ogni costo quel tipo di sentimenti. Ma ora non credeva che fosse possibile. Tanika era... speciale.

Continuando a usare un solo dito, le accarezzò delicatamente le pareti interne frementi, massaggiandole il clitoride con il pollice. Quella donna stava diventando sempre più intrigante. Sempre più *sua*. «Ti farò venire finché non potrai pensare ad altro che a questo.»

Lei emise un gemito roco, e lui sogghignò, tuffando il viso tra le sue gambe e serrando la bocca intorno al suo clitoride mentre il suo dito continuava a carezzarla. Il suo sapore lo inondò, dolce, salato e tinto di magia. Affondò dentro di lei quanto la sua strettezza gli permetteva, regolando la velocità e l'angolazione della sua penetrazione per accordarsi al suo fremente desiderio.

Quando pensò che fosse pronta, con maestria le fece scivolare un altro dito dentro, dilatandola finché lei non si irrigidì. Poi le avvolse la lingua intorno al clitoride finché lei non inarcò i fianchi contro di lui per averne di più. Ancora e ancora, la dilatò delicatamente, finché entrambe le dita non pompavano dentro e fuori di lei. La sua eccitazione gli bagnò la mano e il suo respiro accelerato le premeva i capezzoli appuntiti contro la stoffa sottile della casacca. Affondò e leccò finché le sue gambe non tremarono.

«Ophir, ti prego.» Si dondolò contro la sua mano, le parole piene di disperazione e bisogno.

Le fece scivolare la mano libera sotto il sedere, sollevandola verso di sé, e affondò il viso nei suoi riccioli corti e bagnati. Le dita che pompavano dentro di lei si incurvarono per raggiungere il suo punto G, che aveva evitato fino a quel momento, volendo portarla più in alto possibile prima di farla precipitare oltre il limite.

Quella donna era sua. Ogni atomo, dentro e fuori, gli apparteneva. Quando il leggero cambiamento nei muscoli del suo ventre gli disse che era il momento, le serrò la bocca sul clitoride e succhiò.

Il corpo di lei fu scosso da convulsioni, la sua fica che si stringeva intorno alle sue dita con un'estasi straziante. Gridò il suo nome mentre lui assaporava la sua liberazione.

Una volta che lei si afflosciò contro i cuscini, lui risalì e prese la sua bocca in un bacio profondo. Lei sospirò, solleticandogli con la punta delle dita il torace per poi posarle sulla parte bassa della schiena, attirandolo più vicino.

Un gesto così semplice. Eppure lo legò completamente come nessun portale avrebbe mai potuto. Una vocina in fondo alla sua mente gli urlava di scappare, anche mentre una sensazione di pienezza si posava su di lui, come se fosse finalmente tornato a casa. Voleva raggomitolarsi intorno a lei e stringerla per l'eternità.

Lottò con i ricordi degli ultimi ottocento anni, di tutti i mortali che aveva visto andare e venire. Non importava quanto a lungo camminassero sulla terra, gli umani alla fine se ne andavano. Potevano ferirsi.

Si ammalavano. Invecchiavano e morivano. Un momento potevano essere vivi e sani. Quello dopo, spariti.

E c'era una dannata probabilità che fosse appena diventato dipendente da quella mortale.

Sei

Tanika si sentiva molle come una medusa, con gli occhi pesanti di sonno. Si sarebbe arresa se non fosse stato per il peso dell'uomo sdraiato sopra di lei. Il suo respiro le scaldava la curva del collo, mentre la punta delle sue dita le sfiorava il bordo del seno attraverso la camicetta. Il suo corpo era troppo stanco per reagire. O per protestare. Se avesse voluto prenderla proprio in quel momento, lei non si sarebbe opposta.

«Perché non mi hai detto che sei vergine?» La voce di Ophir le sfiorò l'orecchio.

Si irrigidì, mentre la realtà le piombava addosso togliendole il fiato. *Cosa sto facendo?* Lo spinse sul petto. «Alzati.»

Lui si liberò e si mise a sedere sui talloni. Lei si districò e rotolò giù dal divano, strisciando per qualche metro prima di alzarsi in piedi. Le sue gambe erano di gomma. *È stata solo una cosa di un momento. Non può nascerne niente.* Ma il cuore le doleva per l'enormità di ciò che era appena successo. Non era il tipo di ragazza che poteva trattare un'intensa sessione di baci appassionati come se fosse un'attività di svago. Ecco perché aveva evitato questo tipo di legame così a lungo. Già sentiva la stretta straziante al petto al pensiero che quest'uomo—quest'uomo stupendo, premuroso, sexy da morire—non avrebbe mai potuto far parte della sua vita.

Cercando con lo sguardo i leggings sul pavimento, li vide sullo schienale del divano dietro Ophir. Piuttosto che sfidare di nuovo la sua vicinanza, tese una mano. «Per favore, passami i vestiti.»

Senza staccarle gli occhi di dosso, lui allungò una mano dietro di sé e recuperò gli indumenti. «Perché hai paura?»

Lei deglutì, con il cuore che le tuonava contro la cassa toracica. I muscoli le dolevano come se avesse appena finito una maratona, e un bruciore sorprendentemente delizioso tra le gambe le ricordava le vette che aveva appena raggiunto. Afferrando i pantaloni, incontrò il suo sguardo. La connessione tra loro la attirava verso di lui, come se solo lui potesse alleviare il tremito profondo dentro di lei. Un desiderio di passione, affetto e complicità. Le faceva venire voglia di dire la verità. Distolse bruscamente lo sguardo, infilandosi le mutandine. «Non mi crederesti comunque.»

Lui si spostò per mettersi di fronte a lei, accomodandosi sul divano come se stesse per guardare una partita di calcio. Solo che l'unico spettacolo era lei che si rivestiva a fatica. Disse: «Mettimi alla prova.»

Le si strinse lo stomaco. Di ritorno al salone, lui aveva detto di credere nella magia. Era stato quello a dare il via a tutta la faccenda. Poteva confidarsi con lui? Avrebbe rovinato la sua possibilità di salvare il salone? O peggio, lo avrebbe allontanato? Quell'uomo aveva appena scelto di darle piacere senza prendersene per sé. Il pensiero di non vederlo mai più faceva male. Sistemandosi la vita dei pantaloni sui fianchi, fece un respiro profondo e lo affrontò. «Parlavi sul serio quando hai detto che credi nella magia?»

«Sì.»

«Ed è per questo che vuoi investire nel salone?»

«Sì.»

Puntò un dito avanti e indietro tra loro. «Questo non può succedere di nuovo.»

«Non posso promettertelo.» Il luccichio famelico nei suoi occhi la costrinse a reprimere la propria lussuria e il proprio desiderio.

«Finirebbe solo in un disastro. Credimi.»

«Come lo sai?»

Serrò i denti. «Perché lo so.»

«Convincimi.»

Guardandolo torva, si sentì combattuta. Il bisogno di giustificarsi non era mai stato così forte. *Se glielo dico, qual è la cosa peggiore che potrebbe accadere?* Che la creda pazza e scappi per sempre. Il che probabilmente sarebbe una buona cosa, anche se significasse perdere il suo sostegno finanziario. Ancora consapevole che si trovavano in un luogo pubblico, ma con la necessità di concludere quella conversazione una volta per tutte, aggirò la scrivania. Aveva bisogno di qualcosa di fisico tra loro per continuare. Non aveva mai parlato del suo desiderio con nessuno. Non era sicura del perché volesse farlo ora. Ma Ophir sembrava più sinceramente interessato di chiunque avesse mai incontrato. Fissò le pile di scontrini sparse sulla scrivania, vedendole solo a metà. «Mia madre e mia nonna morirono quando avevo otto anni.» Si attorcigliò le dita, cercando di tenere a bada l'orrore che la perseguitava nei sogni. «Hanno dato la vita per me.»

Alzò lo sguardo e l'attenzione di lui minacciò di trapassarla. Chiese: «È la loro foto nel salone?»

Annuì, con il collo rigido. «È una delle poche cose sopravvissute all'esplosione. Oltre a me. Io sono sopravvissuta senza un graffio.» La pelle le pizzicò al ricordo del calore e la camicetta le si appiccicò scomodamente. «Il rapporto ufficiale diceva che c'era una perdita nella bombola del propano del nostro camper. Ma...» Lo guardò da sotto le ciglia, preparandosi all'incredulità e al ridicolo che aveva ricevuto da bambina. «La vera causa dell'esplosione fu il demone.»

Lui socchiuse gli occhi. «Demone.»

Non era una domanda. Era un'affermazione. Cosa stava pensando? Aveva paura? Pensava che fosse pazza da legare? Il polso le martellava nelle orecchie. «So che sembro pazza, ma è reale. E non devi preoccuparti. Non è pericoloso. Non più.»

Nei primi anni il demone l'aveva schernita, dicendole di crescere in fretta, così che lui potesse essere libero dall'obbligo che lo legava a lei. A quanto pare non si era reso conto che il suo desiderio inesaudito avrebbe bloccato i suoi poteri maggiori. Che non sarebbe stato libero di reclamare altre anime finché il suo desiderio non fosse stato completato e lei sistemata con un marito amorevole e una famiglia. Al suo diciottesimo compleanno, quando il desiderio avrebbe potuto essere esaudito, aveva deciso di rifiutarlo.

Ophir chiese: «È... ancora con te?»

La sua mano andò automaticamente al petto, dove il ciondolo era rimasto appeso per anni, finché non aveva scoperto il potere smorzante della cassetta di sicurezza. Lo sguardo di Ophir seguì il suo gesto, poi tornò a incrociare i suoi occhi. Si morse il labbro, a disagio sotto quel controllo. «È limitato a magie minori finché non esaudirà il mio desiderio.» Cercò di alleggerire l'atmosfera. «Lo chiamo poltergeist, ma lui lo odia.»

«Ci scommetto. Probabilmente non gli piace neanche essere chiamato demone.» C'era forse del divertimento che danzava nei suoi occhi? Si rilassò di nuovo sul divano. «Allora, fammi capire bene. Hai espresso un desiderio e credi che tua madre e tua nonna abbiano pagato per questo?»

«Avevo già espresso il desiderio quando mia madre mi ha trovata, e un desiderio non può essere infranto. Ma può essere rinegoziato, così lei e la nonna hanno barattato le loro due anime per la mia. Le ho viste fare il patto.»

«Mi dispiace.» Le sue sopracciglia si unirono in quello che sembrava un sincero rammarico. «Cosa hai desiderato?»

Deglutì, chiedendosi come stesse prendendo tutto con tanta calma, ma d'altra parte era contenta che non le stesse rendendo le cose più difficili. Soprattutto ora che erano arrivati al punto di questa confessione: la ragione per cui non poteva stare con lui. Non poteva permettersi di innamorarsi di lui, nemmeno un po'. «Di avere un marito amorevole, una famiglia e di vivere per sempre felici e contenti.»

Lui inarcò un sopracciglio. «Ah, un desiderio

posticipato. Ha più senso. Non vuoi più quel desiderio?»

Le lacrime le bruciarono dietro gli occhi e serrò la mascella, il dolore del desiderio dentro di lei più forte di quanto avesse mai provato. «Non me lo merito. È mia responsabilità assicurarmi che non faccia mai più del male a un altro essere umano. Se gli permetto di esaudire il desiderio, sarà libero. Se muoio prima, lui muore con me.» Strinse i denti, mentre una rabbia impotente le montava dentro. «Distruggerò quella creatura malvagia, dovesse essere l'ultima cosa che farò.»

«Capisco.» Si alzò all'improvviso, con gli occhi impossibili da leggere. «Sarà meglio tornare al nostro tavolo. Non so tu, ma io sto morendo di fame. E abbiamo un affare da concludere.»

Il battito del suo cuore era doloroso nel petto. Non aveva altre domande? Non sapeva cosa aspettarsi, ma la completa accettazione della sua situazione – indifferenza, persino – non era tra le opzioni. Gli aveva detto di avere un demone, per l'amor di Dio!

Lui attese vicino alla porta, poi la scortò fuori dall'ufficio, con una mano familiare sulla parte bassa della schiena. Brividi le percorsero la spina dorsale a quel contatto, ma lui sembrava ignaro dell'effetto che le faceva. Il personale della cucina continuava a occuparsi delle proprie faccende, incurante del loro passaggio, e lei si chiese se li avesse pagati tutti. Se avesse pianificato tutto. Ma se fosse stato vero, perché non si era approfittato di lei fino in fondo? Rientrò barcollando nella sala da pranzo, più confusa e combattuta di quanto non fosse stata durante la sua seduzione.

Forse era davvero *solo* interessato alla magia? Sedurla era solo un passatempo. *O si è fermato perché ha scoperto che sei vergine?* Quello aveva più senso. Non aveva alcuna abilità o capacità in quel campo. Certo che avrebbe perso interesse per lei.

Si disse che andava bene, purché volesse ancora investire nel salone, cosa che sembrava intenzionato a fare. Dopotutto, aveva detto che avevano un accordo da concludere. Se lui avesse potuto salvare il salone, lei avrebbe potuto indurire il suo cuore e dimenticare ciò che era successo. *O tenerlo stretto per sempre.* L'unico e solo appuntamento che avrebbe mai avuto. Meglio sfruttare al massimo il ricordo. Facendo un cenno alla cameriera, disse: «Vorrei rivedere il menù, per favore.»

Maledizione, avrebbe ordinato la cosa più costosa del menù.

Ophir fece roteare il vino e studiò Tanika oltre il bordo del bicchiere; così tanti pensieri si combattevano dentro di lui che non sapeva da dove cominciare. Aveva chiamato il suo djinn un demone. Una creatura. E lo voleva morto, anche a costo del suo più profondo desiderio. Quella era di per sé una magia potente. Un desiderio inesaudito spiegava così tanto: la magia incastonata nelle sue cellule, la ragione per cui non riusciva a leggerla come faceva con gli altri umani. L'attrazione lo tirava a sé più forte di qualsiasi portale avesse mai esercitato. Più forte di quanto persino un altro djinn avesse il diritto di fare. L'attrazione che solo una compagna poteva esercitare.

Una compagna che voleva uccidere i djinn.

Fu colto da un capogiro al riaffiorare dei ricordi di Emelda, che portava dentro di sé sangue di djinn, sebbene ne fosse inconsapevole. Credendo che potesse essere degna di essere una compagna, l'aveva corteggiata, le aveva fatto la corte e alla fine le aveva rivelato la sua vera natura. Lei era una devota musulmana e confessò il suo segreto all'imam, che in cambio incitò una rivolta contro il maestro di Ophir. La protesta fu esplosiva, perché il maestro era malvisto in tutto il regno. Profondamente sotto l'influenza del papavero, il maestro dormiva mentre i rivoltosi appiccavano il fuoco ai suoi alloggi. Il suo anello-portale si sciolse e le sue ossa si carbonizzarono. Ophir poté solo rimanere in mezzo alle fiamme e guardare, incapace di agire senza gli ordini del suo maestro. Chiuse gli occhi contro l'intensità vulcanica rilasciata dalla distruzione del portale. Rabbrividì mentre il fuoco infuriava in tutto il palazzo. E si allontanò mentre le fiamme si propagavano sul resto della città come uno tsunami.

Nessuno nel palazzo sopravvisse.

Scacciò il ricordo con un battito di ciglia mentre la cameriera rimuoveva la sua ciotola mezza vuota di bisque di aragosta e gli metteva davanti un piatto guarnito con enormi gamberoni. Amare una mortale era una follia. Tanto valeva innamorarsi di uno di quei crostacei. Ma il destino sembrava intenzionato a spingerlo avanti. Tanika era irresistibile.

Lei aveva ordinato una costata di manzo con crema all'aglio fermentato. Gli sembrò divertente che avesse deciso di ordinare il suo pasto dopo la loro intimità. Come se anche lei volesse resistere alla straordinaria connessione tra loro. Si leccò le labbra e adocchiò il suo piatto come se si fosse pentita della sua scelta.

«Vuoi assaggiarne uno?» le chiese, infilzando un gamberone succulento con la forchetta e porgendoglielo.

«Oh, non voglio portarti via la cena.»

«Ti prego.» Allungò la forchetta attraverso il tavolo di dimensioni intime verso la sua bocca.

Lei esitò solo un momento, senza mai staccare lo sguardo dal suo, poi si chinò per accettare. La forchetta conteneva troppo per un solo boccone, e quando lui continuò a tenerla verso di lei, lei sorrise deliziata, finendo il boccone. «Grazie. Era incredibile.»

«Non ho mai detto che fosse gratis.» Le inarcò un sopracciglio.

Lo guardò con gli occhi sgranati, paralizzata, come un cerbiatto abbagliato dai fari.

Accidenti, la sua innocenza era sexy. Puntò la forchetta verso il piatto di lei. «Voglio un assaggio della tua costata.»

«Oh!» Rise nervosamente e spinse il piatto verso di lui. «Oh, certo. Ha senso.»

Lui guardò il piatto e poi di nuovo lei. Sorridendo in un modo a cui sapeva che le donne non potevano resistere, aprì la bocca in attesa. Corteggiarla poteva essere una follia, ma non poteva farne a meno. Era così deliziosa seduta di fronte a lui, rinfrescante in tanti modi. La sua onesta gitana. Non aveva un udito soprannaturale, ma avrebbe giurato di poter sentire il suo cuore battere all'impazzata come quello di un topo. Metterla a disagio era un gioco delizioso.

«Oh!» Lei tagliò in fretta una fetta di costata e la sollevò con la forchetta, con la mano tremante.

«Sei adorabile quando sei nervosa.» Le permise di infilargli il boccone troppo grande tra le labbra. La carne era davvero buona, tenera e saporita e condita con un pizzico di limone.

«È *normale* per una cena di lavoro?» Fissò la sua forchetta come se fosse un oggetto estraneo.

Mentre masticava ancora, scosse lentamente la testa, senza mai staccare gli occhi dai suoi. Ovviamente conosceva la risposta prima di porre la domanda. I mortali non potevano fare a meno di stare al gioco.

Una serie di emozioni le contrasse il viso, come se non fosse sicura su quale fermarsi. Con le sopracciglia aggrottate e le labbra pallide, si schiarì la gola. «Senti, so che siamo partiti con il piede sbagliato. Ma come ti ho detto, quello che è successo là dietro», lanciò un'occhiata verso le cucine, «non può più accadere. Non posso avere una relazione. Voglio parlare del salone. Di affari.»

Quindi erano di nuovo a questo. Affari invece di piacere. Era testarda, senza dubbio. Il suo fermo rifiuto di esaudire il suo desiderio doveva far impazzire il suo djinn. Si rese conto di essere geloso di questo djinn sconosciuto che aveva accesso a lei in qualsiasi momento, giorno e notte. «Va bene, allora. Voglio che tu sia la mia sensitiva personale. Reperibile ventiquattro ore su ventiquattro, sette giorni su sette.»

Le sue sopracciglia si aggrottarono ancora di più. «Ma non sono nemmeno riuscita a leggerti.»

«Esatto.» Addentò un gamberone, masticando lentamente. «Quindi, quando vedrai qualcosa, so che sarà reale. Questo vale molto per me.»

Tanika socchiuse gli occhi. «Non ti credo.»

Questa donna poteva essere innocente quando si trattava di uomini, ma ovviamente aveva molta esperienza con gli inganni e i doppi sensi del suo djinn. Prese un asparago. Niente incantesimi di fiducia. Niente fascino ammaliatore. Forse in quel momento la verità gli sarebbe stata più utile. Eppure la verità gli era costata Emelda e non voleva ripetere quella cascata di orrore. Una mezza verità, allora. Posò l'asparago e si pulì la bocca con il tovagliolo prima di procedere. «E se ti dicessi che posso liberarti del tuo djinn?»

Ci stava pensando da quando lei aveva rivelato il desiderio inespresso. Con i djinn, tutto aveva un prezzo, e Ophir si era chiesto di tanto in tanto come avrebbe potuto convincere un suo simile a permettergli il passaggio, dato che aveva poco da offrire. Il desiderio di Tanika offriva un'opportunità unica. Dopo decenni intrappolato da un desiderio inesaudito, il suo djinn era probabilmente disperato di tornare a casa. Abbastanza da rinunciare alla sua pretesa sul portale, se Ophir si fosse assunto il debito del desiderio. Tanika non solo poteva liberarsi del suo djinn, ma Ophir poteva rimanere al suo fianco. Almeno per il resto della sua breve vita mortale.

Tanika lasciò cadere la forchetta con un tintinnio sul piatto. «Non lo voglio libero. Lo voglio morto.»

Il veleno nella sua voce gli fece correre un brivido nel sangue immortale. La morte di un djinn era una cosa rara. Più feroce nelle sue ripercussioni della distruzione di un portale. Persino i djinn assetati di potere che davano la caccia a quelli indeboliti dopo la procreazione erano cauti nei loro metodi. Cosa penserebbe se scoprisse che Ophir era un djinn? Si schiarì la gola, giurando a se stesso di non permettere che succedesse. «Posso mandarlo via. Gli umani non dovranno più preoccuparsi di lui.»

Lo squadrò con gli occhi socchiusi. «Come fai a sapere così tanto? Come fai a sapere che è un djinn?»

Il respiro gli si bloccò in gola. Se l'era lasciato scappare. Lei non l'aveva mai chiamato djinn, solo demone o creatura. «Sono stato attratto dalla magia per tutta la vita», disse. «Ho studiato secoli di conoscenza arcana. Appena hai detto che c'era di mezzo un desiderio, l'ho capito.»

Le sue spalle si rilassarono leggermente. «Si è approfittato di una bambina. Ha ucciso la mia famiglia. Praticamente mi ha tenuta in ostaggio per quasi due decenni. Voglio che soffra.»

«Non sarà libero. Sarà di nuovo intrappolato nel suo regno. Credimi, soffrirà.» Il djinn stava già soffrendo, la sua magia si prosciugava lentamente più a lungo teneva aperto il desiderio, eppure non era in grado di chiuderlo. La magia dei djinn era una cosa lecita, anche se la loro natura poteva essere caotica. Un accordo poteva essere distorto, reinterpretato, persino rinegoziato, ma mai infranto. Il suo djinn sarebbe tornato a casa indebolito, suscettibile ad altri djinn.

Si leccò le labbra, ancora ovviamente scettica. «Potresti davvero bandirlo dalla Terra? Per sempre?»

«Non posso promettere per sempre, ma sarà debole. Alla mercé di altri djinn e, credimi, sono crudeli. La probabilità che acquisisca un altro portale è minima.»

«E cosa ne sarebbe del mio desiderio?»

Si grattò dietro l'orecchio, incerto su come risponderle. Aveva tutte le intenzioni di esaudire il suo desiderio. Eppure una parte di lui si sentiva sporca per il fatto che avrebbe usato il desiderio per soddisfare il proprio bisogno di accoppiarsi con lei. Era mortale. Fragile. Finita. Alla fine, sarebbe stato lui a soffrire, lasciato indietro quando lei se ne fosse andata. La magia dei djinn non poteva concederle l'immortalità. Un desiderio richiedeva un'anima, ed essere immortale era contrario al costo. «I desideri non svaniscono mai. Che il tuo si avveri o no dipende da te.»

Tanika fissò un punto oltre di lui per un momento, con gli occhi vitrei come se stesse pensando a qualcosa. La sua gola si mosse mentre deglutiva. Poi si alzò così velocemente che la sedia cadde rumorosamente sul pavimento dietro di lei. «Devo andare. Subito.»

Girandosi, corse fuori dal ristorante.

Ophir si alzò in piedi, perplesso dal suo improvviso cambiamento d'umore. E poi un odore familiare alle sue spalle lo fece irrigidire. «Mi chiedevo cosa avesse messo la mia piccola umana in un tale stato di agitazione.»

Sette

Ophir si voltò di scatto verso la voce. L'odore della magia dei jinn lo assalì, ma non era il dolce anice che proveniva da Tanika. Questo era un puzzo amaro di acetone, quello che emanava un jinn affamato. L'uomo a torso nudo, in piedi in mezzo al ristorante, non attirava sguardi strani; la sua malìa magica costringeva i camerieri ad aggirarlo senza rendersi conto del perché. Scivolò direttamente verso Ophir e prese il posto di Tanika al piccolo tavolo. Solchi d'età gli segnavano il viso, una caratteristica rara da vedere sui jinn, eppure si muoveva ancora con l'agilità disinvolta di chi non aveva paura di subire danni fisici.

Risedendosi lentamente, Ophir si trovò di fronte al suo consimile. Quelli della loro specie raramente si incontravano qui sulla Terra e, quando accadeva, era spesso perché padroni in guerra li costringevano a scontrarsi. Non si era trovato alla presenza di un altro jinn da quasi un millennio e si scoprì sorprendentemente con gli occhi lucidi per l'emozione.

Il suo nuovo compagno di tavolo afferrò il bicchiere di vino di Tanika con una mano nodosa, tracannandone il contenuto in un solo sorso. «Ah, mi manca avere un padrone che apprezzi le cose belle della vita.»

Prendendo il proprio vino, Ophir ne sorseggiò un po', mantenendo un'espressione neutrale e divertita, nonostante le tempie che gli pulsavano forte. «Salute, consimile. Io mi chiamo Ophir.»

«Elim.» Il jinn passò una mano sul petto nudo, evocando una giacca da sera e un cravattino fuori moda, poi fece un cenno alla cameriera per avere altro vino. «Dovrai perdonarmi, Ophir.» Il jinn affondò il coltello nella costata di Tanika. «Ho pochissimo tempo qui e raramente mi trovo vicino ai piaceri di una cucina così raffinata.»

Ophir si chiese come diavolo avesse fatto quel jinn ad arrivare lì, dato che non aveva percepito alcun portale addosso a Tanika durante il loro incontro intimo, e un jinn non poteva allontanarsi molto da quel punto. Ma non era una domanda che poteva fare apertamente. Parlare con un altro jinn richiedeva finezza. Una scrupolosa attenzione ai dettagli per non rimanere intrappolati quando un inevitabile patto veniva stretto: tutte le interazioni con i jinn sfociavano in un patto. «Ti tratta così male?»

La cameriera apparve con una bottiglia e riempì il bicchiere di Elim fino all'orlo mentre lui masticava con estatica delizia. Dopo aver deglutito, incontrò lo sguardo di Ophir, sollevando le sopracciglia in modo suggestivo. «La mia voluttuosa mortale offre ogni sorta di piaceri decadenti.»

Un moto di possessività divampò nel petto di Ophir, e desiderò saltare dall'altra parte del tavolo per strangolare il jinn che osava alludere a qualsiasi tipo di conoscenza intima di Tanika. Poi si rese conto di quello che Elim stava facendo: lo stava tentando, forse con l'intenzione di intrappolarlo. Elim doveva essere in cerca di un modo per sfuggire al patto con Tanika.

Con un sorrisetto, Ophir spinse il cestino del pane verso il jinn affamato. «Ti chiama il suo poltergeist.»

Con lo sguardo indurito, Elim rovesciò il pane sul suo piatto e con una fetta assorbì il sugo della carne. «Capisco», disse con la bocca piena di cibo. «Ti ha detto anche qual era il suo desiderio, allora?»

Ophir annuì placidamente.

«Interessante. Non importa.» Mandò giù il boccone con del vino. «L'orologio biologico della mortale sta ticchettando. Sono sicuro di riuscire a convincerla presto. Magari potresti dirmi perché ti aggiri furtivamente intorno alla padrona di un altro jinn?»

Ophir sospirò e posò il bicchiere, asciugandosi la bocca con un tovagliolo. Era troppo presto per rivelare che non aveva un padrone. Che stava cercando un portale. Rivelare il suo desiderio lo rendeva un bersaglio, un facile vantaggio, proprio come la situazione di Elim era un vantaggio in quel momento. Eppure non era abbastanza. Ophir doveva rafforzare la propria posizione e rendere Elim più insicuro. «Meno male che hai la tua padrona sotto controllo. Questi umani hanno desideri così volubili, non trovi? Così effimeri e inconsapevoli di ciò che vogliono veramente, specialmente i giovani. Quanti anni aveva Tanika quando espresse il suo desiderio?»

Restringendo lo sguardo, il jinn si fermò, con i denti affondati in un pezzo di pane. Posò il boccone e lanciò un'occhiata a sinistra, poi a destra. «Non sento l'attrazione di un portale qui vicino. Dov'è il tuo padrone?»

Con il sangue che gli pulsava nelle orecchie, Ophir strinse gli occhi verso l'altro jinn. «Potrei farti la stessa domanda.»

«È ora che tu te ne vada.» Elim si ficcò un'intera fetta di pane in bocca, gonfiando le guance avvizzite.

«Questo è il territorio della tua padrona, allora? È la sultana del reame?» Ophir ridacchiò, immaginando Tanika avvolta in un caftano di seta trasparente e ingioiellata dalla testa ai piedi. Forse avrebbe dovuto realizzare quella fantasia una volta che tutto fosse finito. «Non ti invidio di essere vincolato a una simile padrona.»

Alzandosi, il jinn allargò le narici. «Stai dicendo che non hai un padrone? Che genere di potere hai trovato?» Il corpo del jinn vibrò lievemente e cominciò a svanire. Con uno sbuffo indignato, si guardò accigliato, afferrò un'ultima fetta di pane dal suo piatto e sparì, portando con sé l'amaro odore di acetone della sua magia.

Tanika non si guardò indietro mentre fuggiva dal ristorante e dal suo jinn che ghignava allegramente. Tutto ciò a cui riusciva a pensare era trascinare il mostro il più lontano possibile da Ophir, grata che potesse apparire solo nelle sue immediate vicinanze da quando aveva messo il ciondolo nella cassetta di sicurezza. Se si fosse mossa abbastanza in fretta, forse Elim non sarebbe riuscito nemmeno a farsi un'idea chiara di con chi stesse cenando. Quante persone aveva distorto e deformato nel tentativo di adattarle al suo desiderio? Ecco perché non usciva con nessuno. Perché stava alla larga dagli uomini. Perché quel demone doveva rovinare tutto?

Nei suoi primi anni, il suo demone era apparso solo per infastidirla, ma al suo diciottesimo compleanno, e dopo il suo rifiuto del primo corteggiatore, aveva iniziato a causare guai seri. Il suo primo condominio aveva subito cortocircuiti e continui blackout, con il suo costante promemoria che tutti i suoi problemi potevano finire se solo avesse accettato il desiderio. Il posto successivo in cui visse dovette essere dichiarato inagibile quando trovarono della muffa nera. Una villetta a schiera che aveva affittato era bruciata fino alle fondamenta. Poi c'erano gli scherzi che aveva fatto al povero signor Daniels, mettendo i tonchi nella farina e sostituendo lo zucchero con il sale.

Raggiungendo il marciapiede, si rese conto che era calata l'oscurità e che i lampioni proiettavano ombre profonde sulle auto parcheggiate lungo i bordi della strada. Tirò fuori il cellulare e chiamò un taxi, dandogli un indirizzo a qualche porta di distanza. Un anno prima, dopo l'incidente con il signor Daniels, era andata dritta in banca e aveva affittato una cassetta di sicurezza, sperando di limitare l'accesso del suo demone ai suoi vicini tramite la distanza. Affittare la cassetta le era costato ogni centesimo che aveva da parte, ma era abbastanza nervosa all'idea di perdere di vista il ciondolo. Voleva assicurarsi che fosse il più al sicuro possibile. Elim aveva riso del suo piano, minacciando di bypassare i sistemi di sicurezza e permettere ai ladri di entrare nel caveau. Con grande piacere, lei gli aveva ricordato che, anche se fosse finito nelle mani di qualcun altro, non avrebbe avuto nulla da offrire a un nuovo padrone; non poteva esaudire desideri finché il suo non fosse stato soddisfatto.

Davanti a sé, vide un taxi giallo accostare al marciapiede e corse a prenderlo. Arrampicandosi sul sedile posteriore, ansimò il proprio indirizzo di casa all'autista, ricordando ancora il momento in cui aveva sigillato la cassetta di sicurezza sopra la sacchetta con la collana. Elim era stato in piedi accanto a lei, imprecando. Poi la sua voce era cessata, come se avesse spento una radio. Era scomparso come se non fosse mai esistito.

Per mesi, si era creduta libera da lui.

Poi lui era riapparso nella sua cucina, ringhiando di rabbia e rompendo ogni piatto che possedeva. A quanto pare, la scatola di metallo interferiva con la sua capacità di usare il ciondolo come portale. Mentre i piatti si schiantavano intorno a lei e il suo alito caldo le sfiorava il viso, l'aveva informata che non si sarebbe lasciato rinchiudere così facilmente.

Il taxi la lasciò davanti al suo condominio e lei si diresse verso il piccolo cortile. Almeno il potere del demone era stato diminuito dalla cassetta di sicurezza. Poteva apparire solo nelle sue immediate vicinanze e non poteva soffermarsi abbastanza a lungo per causare problemi. Almeno, non troppi problemi. Gli ci voleva anche del tempo per riprendersi tra un'apparizione e l'altra, quindi sapeva di avere un po' di respiro ora. Ma scappare in quel modo aveva probabilmente rovinato la fiducia di Ophir in lei come partner d'affari. Avrebbe dovuto sapere che sarebbe successo. Prima o poi, il demone scopriva sempre i suoi piani e trovava un modo per inquinarli. Era una stupida a sperare che uno dei suoi sogni potesse mai avverarsi.

Aprendo la porta d'ingresso, fu sorpresa dal demone che schioccò la lingua. «Birichina, birichina. Ti piace proprio scherzare col fuoco. Cosa penserebbe tua madre?»

Le si rivoltò lo stomaco. In qualche modo sapeva sempre come peggiorare una brutta situazione. Di solito tirando in ballo sua madre. Be', a quel gioco si poteva giocare in due. Si lamentava sempre che lei non teneva in casa niente di commestibile, scagliando a terra le sue gallette di riso e le sue polveri proteiche dietetiche come un bambino capriccioso. Il sontuoso ristorante doveva averlo fatto impazzire di gelosia. «Per quanto tempo hai sentito l'odore del cibo, prima di svanire, poltergeist?»

Per una volta, non sembrò turbato dalla sua frecciata. «Dimmi, cosa ti ha offerto Ophir?»

Merda. Era riuscito a parlare con Ophir abbastanza a lungo da scoprire il suo nome. Era riuscito a cambiarlo, anche lui? A piegarlo per adattarlo al suo desiderio? Ora non avrebbe mai più potuto fidarsi di un'altra interazione con Ophir. Superò Elim senza rispondere e andò in cucina, lasciando le luci spente nel caso avesse deciso di iniziare a spaccare le lampadine.

«Mandalo via.» Elim la seguì, i suoi piedi non facevano alcun rumore sul linoleum graffiato. «Supererò qualsiasi cosa ti stia offrendo. Sai quanto è raro che venga concesso un secondo desiderio?»

«Non voglio niente da te. Mai. Sei un mostro e che tu vada all'inferno.» Voleva farsi un tè, ma non le andava di avere dell'acqua bollente nelle vicinanze se Elim si fosse arrabbiato. Aprendo il frigo, cercò una bibita light.

«Eppure fai affari con *lui*?»

Non capiva il veleno nella sua voce, ma le piaceva farlo arrabbiare. «Siamo in trattativa.»

«Su cosa?» La sua voce era più dura del solito. Secca. Osava dire: nervosa? Ophir aveva detto che poteva bandire il jinn. Poteva essere vero? Era la prima volta che ricordava che Elim le avesse chiesto di mandare via qualcuno, specialmente uno scapolo d'oro.

Nella luce gialla che proveniva dal frigo aperto, notò le linee esagerate intorno ai suoi occhi e alla sua bocca. Sembrava più rugoso del solito? Aveva le mani strette a pugno lungo i fianchi. Qualunque cosa Ophir avesse detto a Elim lo aveva spaventato abbastanza da fargli scartare un potenziale marito. *Bene.* Lei fece un sorrisetto e bevve un lungo sorso della sua bibita. «Vuole investire nel salone.»

«Investire?» La carne intorno ai suoi occhi ebbe un tic. «Cosa significa?»

«Immagino che passerà molto tempo da queste parti. Vuole diventare un socio e aiutare il salone a iniziare a fare soldi.»

Il demone cominciò a ridacchiare. «Ti ha detto che vuole fare soldi?»

Lei sbatté le palpebre, nervosa. Ophir non aveva detto che voleva fare soldi. Le aveva chiesto di essere la sua sensitiva personale. *Nonostante non fossi riuscita a leggerlo.* La diffidenza divampò di nuovo. «Perché, a te cosa ha detto di volere?»

Elim rise più forte, la sua bocca larga rivelò denti bianchi e squadrati. «Non lo sai, vero?» Si chinò più vicino, gli occhi pieni di un profondo fuoco viola. «Ophir è un jinn. Proprio. Come. Me.»

Il pavimento sembrò ondeggiare sotto i piedi di Tanika, e lei si aggrappò a una sedia della sala da pranzo per sorreggersi. «Co-cosa?»

Ma il suo demone non rispose. La sua risata svanì insieme al suo corpo e lei rimase in piedi in una cucina buia a chiedersi se dovesse piangere o ridere istericamente.

Un jinn? Davvero? Che cazzo? Era una specie di calamita per la magia malvagia?

Si passò le mani tra i ricci e urlò a bassa voce. Non aveva bisogno che i vicini chiamassero di nuovo la polizia. Lo avevano fatto abbastanza spesso mentre il suo demone dava in escandescenze. Tutti nel palazzo pensavano che fosse schizofrenica, che avesse violente liti domestiche con se stessa.

Lasciandosi cadere sulla sedia della cucina, gettò la testa all'indietro e fissò il soffitto. Ophir era arrivato al salone in cerca di qualcuno. Di Elim? I jinn facevano visite a domicilio ad altri jinn? Non ne aveva idea. Poi c'era la sua insistenza affinché uscisse con lui. Si strinse le cosce ricordando le sue mani su tutto il corpo, l'ondata dopo ondata di piacere indescrivibile che le aveva provocato. Era solo parte di un elaborato piano da jinn? Per cosa? Per convincerla a diventare la sua sensitiva personale?

Rise forte, piegandosi in avanti per appoggiare la testa sul tavolo della cucina. *Una sensitiva per un jinn. Esilarante.*

Poi si raddrizzò di scatto. Forse era un modo velato per chiederle di essere la sua padrona? Era un po' quello che era stata la mamma per Elim, usando le sue capacità psichiche per vendere i suoi desideri al miglior offerente, astenendosi dal formulare desideri per sé. Ophir le aveva proposto lo stesso tipo di accordo? Una palla di terrore le avvolse lo stomaco. Neanche per sogno avrebbe mai accettato una cosa del genere.

Ma lui non aveva chiesto niente del genere. Si era offerto di bandire il suo jinn. Era perché una persona poteva essere padrona di un solo jinn alla volta? Sua madre lo avrebbe saputo. Ma la mamma era morta. Si rese conto che stava ansimando e bevve un altro sorso di bibita, cercando di calmare il cuore. Forse non tutti i jinn erano come Elim. E se il suo demone

— il suo jinn — fosse, tipo, un jinn criminale o qualcosa del genere? Ophir poteva essere un sexy poliziotto jinn, lì a catturare il suo uomo e a far cadere le ragazze ai suoi piedi lungo la strada.

Scosse la testa. *Hai letto troppi romanzi rosa, Tanika.* Se Ophir fosse un poliziotto jinn, avrebbe catturato Elim al ristorante. *A meno che Elim non sia svanito troppo in fretta?* Era scappata abbastanza velocemente.

Maledizione. Era ora di smetterla di discutere con se stessa e di fare un piano. Per quanto ne sapeva, Elim stava mentendo su tutta la faccenda e Ophir non era affatto un jinn. Il suo demone poteva stare cercando di usare la psicologia inversa su di lei, per ingannarla e farle realizzare il suo stesso desiderio. Non sarebbe stata la prima volta che tentava quella tattica. Doveva parlare di nuovo con Ophir. Dargli l'opportunità di spiegare la sua versione dei fatti.

Sfortunatamente, era appena fuggita da un appuntamento con un ragazzo di cui non sapeva nulla. Né un numero di telefono né un indirizzo — diavolo, nemmeno il suo cognome. Che razza di idiota era? Abbindolata da un paio di spalle larghe, sexy occhi color cioccolato e una Ferrari velocissima.

Probabilmente se n'era già andato da un pezzo dal ristorante a quest'ora.

Guardandosi intorno per assicurarsi di essere sola, aprì la dispensa e tirò fuori una scatola di gallette di riso dal ripiano posteriore. Sotto i dischi al sapore di cartone, aveva nascosto un sacchetto di cioccolatini al burro d'arachidi dagli occhi indiscreti di Elim. Se Ophir era davvero un jinn, allora meglio così. E se era ancora interessato a investire, sarebbe tornato al salone domani.

Sedendosi al tavolo, scartò il primo della serata e se lo mise tutto in bocca. Il cioccolato risolveva tutto, no?

Otto

Incerto su cosa volesse esattamente, Ophir rintracciò Tanika. Il compito si rivelò piuttosto facile, anche senza magia. Il suo nome era così insolito che una rapida ricerca su Google, incrociata con i registri della motorizzazione civile della città, rivelò il suo indirizzo di casa. Perché affrettarsi a tornare da altri compagni come Elim quando aveva appena trovato una donna come Tanika? Ora si trovava alla sua porta con un sacchetto di cibo da asporto in una mano e una bottiglia di vino nuovo nell'altra. Suonò il campanello e attese.

Dei passi risuonarono dietro la porta, poi una lunga pausa, come se lei stesse pensando di fingere di non essere in casa. Senza dubbio Elim l'aveva già informata della situazione, mettendola contro un suo simile, un altro genio. *Vuole uccidere il suo genio.* Il promemoria avrebbe dovuto raffreddare il sangue di Ophir, ma Elim era un po' uno stronzo, come la maggior parte dei geni. *In più, lei è mortale.* Niente di tutto ciò aveva importanza. Non riusciva a dissuadersi dal rivederla.

Tenendo il sacchetto del cibo da asporto davanti allo spioncino, chiamò: «Non abbiamo potuto finire il nostro pasto.»

Un altro attimo di silenzio, poi lo scatto della serratura e la porta si aprì, fermandosi contro la catenella di sicurezza. Attraverso la fessura, gli occhi di Tanika erano sgranati, e il suo seno prosperoso si sollevava un po' troppo in fretta. Elim doveva averle davvero parlato, e ora lei aveva paura. Ophir decise che l'onestà sarebbe stata la strategia migliore per conquistarla. «Mi dispiace di non avertelo detto.»

Lei sembrò avvizzire, come un fiore appena reciso al sole. «Quindi tu sei un... un genio?»

Per la prima volta nella sua lunga esistenza, Ophir desiderò poter rispondere diversamente. Dovette resistere all'impulso di prenderla tra le braccia e scusarsi. «Sì.»

«Perché sei qui?»

Di nuovo le mostrò il sacchetto e sorrise. «Per finire il nostro pasto.» Le labbra di lei si assottigliarono, e lui si rese conto di essere stato troppo scherzoso. Abbassò il braccio, lasciando che la sua espressione si facesse seria. «Ti chiedo scusa. Sono qui per parlare. Ti giuro che dirò la verità. Qualsiasi cosa tu voglia sapere.»

«Perché. Sei. Qui?» ripeté lei.

Lui prese un respiro profondo, lanciando un'occhiata su e giù per il cortile prima di rispondere. «Sono venuto qui in cerca di un portale.» Poteva essere il portale ad averlo condotto lì, ma non era più la ragione per cui la cercava. Se i geni non fossero stati immuni alla propria magia, si sarebbe forse chiesto se un desiderio li avesse fatti incontrare.

La barriera nei suoi occhi svanì. Nel profondo del suo sguardo, pensò di scorgere una speranza che echeggiava la sua. «Non ne hai uno tuo?»

«Preferirei davvero non avere questa conversazione in piedi nel cortile. Ti dispiace se entro?»

Lei si leccò le labbra, esitando solo per un istante. Poi sganciò la catenella e gli aprì completamente la porta, indicando il breve corridoio. «La cucina è da quella parte.»

«Grazie.» Le passò accanto senza sfiorarla, costringendosi ad accontentarsi solo di un respiro profondo del suo profumo di agrumi e anice. All'interno, esaminò il piccolo appartamento. Il posto era stranamente privo di mobili e decorazioni, a parte un divano stracolmo di cuscini soffici e una TV a schermo piatto fissata al muro. Sondò l'aria in cerca di magia, alla ricerca dei segni del portale di Elim. L'appartamento odorava di anice, proprio come il salone, ma non era stato ricoperto da un'illusione oleosa per smorzarne il fascino.

La cucina si rivelò altrettanto spoglia; conteneva solo un tavolino e due sedie pieghevoli. Sul tavolo c'era un sacchetto di caramelle aperto, con gli involucri metallici vuoti arrotolati a pallina e ammucchiati da un lato. Un'anta della credenza era aperta e rivelava due barattoli di zuppa e una scatola di cracker di riso.

Posando il cibo da asporto sul tavolo, le chiese: «Stai traslocando?»

«Cosa?»

«Questo appartamento sembra... spoglio.»

«Oh. È solo che... le cose tendono a rompersi spesso qui a casa.»

Lui serrò la mascella, odiando il pensiero che qualcosa a cui lei teneva potesse rompersi. Non c'era da stupirsi che chiamasse il suo genio un poltergeist. Aprì la vaschetta di polistirolo, lasciando che il ricco aroma del pollo al burro riempisse l'aria. «Spero ti piaccia il cibo indiano. C'era un posticino lungo la strada e aveva un odore così buono che mi sono dovuto fermare.»

Lei rimase in piedi. «Per favore, dimmi solo cosa vuoi da me.»

Dritto al punto, allora. Il tempo delle gentilezze era finito. Gli si spezzò un po' il cuore al pensiero che l'intimità che avevano creato al ristorante fosse finita, ma forse, se avesse riconquistato la sua fiducia, lei gli avrebbe permesso di riavvicinarsi. Prima, però, le cose importanti. Ancora una volta sondò l'aria alla ricerca di Elim. «È qui?»

Lei strinse gli occhi. «È rinchiuso. Perché?»

Le sue parole gli fecero venire un brivido lungo la schiena. Proprio come il contatto con il metallo disabilitava la sua capacità di lanciare incantesimi, un portale completamente circondato da abbastanza metallo poteva essere reso inerte. Non c'era da stupirsi che l'altro genio fosse apparso così smunto. Ophir aveva pensato che fosse semplicemente il logorio di un desiderio inespresso tenuto in sospeso per così tanti anni. Ora si rendeva conto che doveva essere perché non solo Elim non era stato in grado di mediare altri desideri in cambio di energia, ma non aveva nemmeno avuto cibo a sufficienza per rifornire il suo corpo fisico. Stava letteralmente bruciando le sue riserve di magia come un umano brucia i grassi. «Come ha fatto a venire al ristorante?»

«Usa il desiderio che ci lega come un condotto.» A quelle parole, la sua pelle assunse una sfumatura verdognola. «Ma dice che richiede molta energia. Due volte in una notte è tanto. Dubito che torni presto.»

Ophir non aveva mai sentito parlare di una simile possibilità; Elim doveva essere un genio molto potente. Pensare che Elim la stesse usando in quel modo fece ribollire il sangue a Ophir. «Ti sta facendo del male?»

Lei inclinò la testa, a braccia conserte. «Credo che tu abbia detto che avresti risposto alle mie domande. Finora sono l'unica a rispondere.»

«Giusto.» Prese l'altra sedia e posò una seconda forchetta di plastica sul lato vuoto del tavolo, come un invito. «Sto cercando un modo per tornare a casa, e quello di Elim è il primo portale che sono quasi riuscito a trovare. Probabilmente perché il tuo desiderio lo tiene socchiuso.»

«Che è successo al tuo portale?» Le sue sopracciglia si corrugarono.

«Distrutto.» Mise un boccone di pollo in bocca, ma lei lo stava guardando con una tale concentrazione che quasi non ne sentì il sapore.

«Quindi sei libero?»

Lui deglutì. «Libero? Suppongo di sì. Non sono legato a un portale. Ma non posso neanche tornare a casa.»

Lei si sedette con esitazione sulla sedia di fronte e spostò lo sguardo sui ripiani vuoti. «Esaudisci desideri?»

Lui osservò la sua finta noncuranza, così palesemente forzata. Stava cercando un modo per spezzare il legame con Elim? «Non posso annullare un desiderio esaudendone un altro, se è questo che stai chiedendo.»

«Non è quello che ho chiesto. Voglio sapere se tu...» Il suo respiro tremò mentre finiva la frase: «... raccogli anime.»

La diffidenza gli si insediò pesante sullo sterno. Allora non sperava in un altro desiderio. Stava cercando una ragione per odiarlo. La sua natura di genio lo spingeva a dare una risposta vaga, che potesse essere interpretata in più modi. Lei aveva chiesto al presente, quindi avrebbe potuto onestamente rispondere di no. Ma quella non sarebbe stata la vera verità che stava cercando. E lui le aveva promesso di dirle la verità. Si sentiva legato a quella promessa come se avesse stretto un patto per un desiderio. *Sei stato tra i mortali per troppo tempo*, pensò tra sé, mentre diceva: «Non più.»

Dopo una breve pausa, lei chiese: «Ma lo facevi.»

«Non mentirò. Sì.» Osservò il suo bel viso in cerca di segni di odio. Invece, vide una curiosità guardinga.

Lei si tormentò le mani in grembo. «Perché hai smesso?»

Lui si schiarì la gola. Anche questa era una domanda con una risposta facile e una difficile. Decise per una via di mezzo. «Dopo ottocento anni, non sento più l'attrazione che crea dipendenza.»

Lei sembrò rifletterci. «Quello che vuoi davvero dire è che non puoi.»

Dovette apprezzare la sua intelligenza. Era ovvio che avesse molta esperienza con i giri di parole del suo genio. «Posso compiere piccole magie per i miei scopi. Tuttavia, la magia potente richiesta per esaudire un desiderio è al di là delle mie capacità.»

«Perché hai perso il tuo portale?»

«Un portale fornisce una connessione alla magia più profonda, sì.»

Ancora una volta lei incrociò le braccia, con uno sguardo così intenso che minacciava di incendiare qualsiasi cosa infiammabile toccasse. «Ecco perché hai bisogno di me. Vuoi usare il portale del mio genio e riprendere a scambiare desideri con anime.»

«No», negò lui, sebbene la sua mente vorticasse di contraddizioni. Aveva cercato un portale per così tanto tempo che aveva dimenticato la sua motivazione. Era per riprendere la sua vita precedente? O per sfuggire al dolore eterno di perdere coloro che lo circondavano a causa della mortalità? Non aveva davvero pensato a cosa sarebbe successo dopo aver localizzato un portale. Tutto quello che sapeva in quel momento era che voleva che Tanika fosse felice. «Voglio aiutarti a fuggire dalla trappola in cui ti trovi.»

Lei rise, il viso segnato dal disprezzo. «Sei praticamente un genio costretto alla riabilitazione. Perché dovrei fidarmi di te? O, se è per questo, perché dovresti fidarti di te stesso? Anche i tossicodipendenti pensano di essere liberi, finché non hanno l'opportunità di ricominciare a drogarsi.»

Ophir si irrigidì, ancora una volta scioccato da questa mortale che riusciva a vedere le cose più chiaramente di chiunque altro, genio o umano, avesse mai incontrato. Era semplicemente un dipendente? Il ricordo lontano delle anime che aveva preso, la scarica drammatica di energia e potere, lo travolse in un modo che non provava da molto tempo. Una fame ricordata, quasi impossibile da combattere. L'euforia assoluta di consumare un'anima mortale.

E si rese conto che impallidiva in confronto a come si sentiva vicino a Tanika.

Le unghie di Tanika si conficcarono nei palmi mentre attendeva la reazione di Ophir a quell'accusa. Con tutto il cuore, voleva credere che non tutti i geni fossero come Elim. Ma Ophir aveva ammesso di raccogliere anime, e da come Elim ne parlava sembrava una dipendenza feroce, devastante. Come poteva un genio che l'aveva provata rifiutare l'opportunità se si fosse ripresentata?

I lineamenti di Ophir si rabbuiarono e sembrò perso nei suoi pensieri. Poi si chinò sul pollo al burro e inspirò, con gli occhi chiusi come in meditazione. «La combinazione di spezie in questo piatto è diversa da qualsiasi cosa si trovi nel mio mondo.» Aprendo gli occhi, avvolse le sue lunghe dita delicatamente, quasi con reverenza, attorno alla vaschetta. «Quando sono circondato da sensazioni come questa, mi sento... quasi umano.»

Lei rimase immobile con le braccia conserte, quasi spaventata dal muoversi. Il modo sensuale in cui si gustava l'aroma le rendeva difficile concentrarsi sulle sue parole. La conversazione era seria, eppure tutto ciò a cui riusciva a pensare era il modo in cui le sue grandi mani accarezzavano la vaschetta.

«Il mio tempo qui tra i mortali, che non possono dare per scontato un solo giorno, che riescono a creare meraviglie nonostante la loro limitata esistenza individuale, mi ha cambiato.» Lasciò la vaschetta e si appoggiò allo schienale della sedia. «I geni sono creativi solo nel fare patti. Non produciamo cose, non innoviamo soluzioni. Dal telefono che ho usato per cercare il tuo indirizzo su Google, alla decappottabile che ho guidato fin qui, non ci sono limiti all'immaginazione umana. Voi eccellete al di sopra della mia razza. Portare via anche uno solo di voi prima che il vostro tempo sia finito è uno spreco di potenziale.»

Che Dio l'aiutasse, voleva credergli. Ma non aveva ancora risposto davvero alla domanda, e sapeva, per via dei suoi rapporti con Elim, quanto potessero essere ingannevoli le parole. «È come dire quanto è bella una torta un attimo prima di tagliarla.»

Quello gli strappò una risata, non del tipo compiaciuto a cui era abituata dal suo genio, ma una di piacere, con gli occhi strizzati mentre scuoteva la testa. «Sei davvero deliziosa, Tanika. Affascinante e arguta. E hai ragione. Lascia che ti dica a chiare lettere cosa intendo.» Incrociò il suo sguardo, i suoi occhi scuri pieni di un'intensa luce viola. «Dopo ottocento anni tra gli umani, trovo ripugnante l'idea di prendere un'anima umana. Personalmente non voglio mai più farlo.»

Lei prese un respiro profondo, considerando ciò che aveva appena detto, cercando delle scappatoie. Elim avrebbe distorto le parole, ma si vantava di non mentire mai. A quanto pare la sincerità era un valore dei geni o qualcosa del genere. Non riusciva a trovare alcun margine di manovra in ciò che Ophir aveva detto. Con esitazione, propose: «Promettimi che non raccoglierai più l'anima di nessuno, e ti crederò.»

Il suo sguardo rimase fermo. «Non raccoglierò mai più l'anima di un mortale.»

Le spalle le si rilassarono e si rese conto di poter finalmente fare un respiro completo. «D'accordo. Allora perché stai cercando un portale?»

La luce viola che gli colorava lo sguardo tremolò. «Io... non so se lo sto facendo.»

Lei si accigliò, di nuovo incerta. «Non è quello che hai affermato quando ti ho fatto entrare?»

«Lo è. Ma tu mi hai fatto ripensare a quell'obiettivo.»

Il suo ventre si contrasse per l'attesa. Quale obiettivo potrebbe avere un genio, se non raccogliere anime? A meno che... «Aspetta, so cosa sta succedendo.» Alzò una mano. «Elim ti ha lanciato un incantesimo per farti esaudire il mio desiderio.»

«Impossibile.» Ophir scosse la testa. «I geni sono immuni alla magia l'uno dell'altro, almeno qui sulla Terra.»

Un'ondata di sollievo la inondò. Voleva che l'attenzione di Ophir fosse reale, non il prodotto di qualche malia. «Ne sei sicuro?»

Lui sorrise. «Ne sono sicuro. Sono qui per salvarti dal tuo genio.»

Forse è davvero della polizia dei geni. «Come?»

«Elim si sta consumando sotto il peso del desiderio,

e probabilmente farebbe quasi di tutto per liberarsi del suo debito.»

Lei sogghignò. «Lo farebbe. Mi ha offerto di rinegoziare il nostro accordo molte volte.» La rabbia le divampò al pensiero di tutte le cose che le aveva suggerito. «Ma come ti ho detto al ristorante, non voglio che sia libero. Lo voglio morto.»

Ophir inclinò la testa. «Questo non riporterà indietro tua madre.»

Le sue parole la colpirono come un pugno allo stomaco. «Lo so. Ma posso almeno essere assolutamente certa che quel mostro non farà mai più del male a un altro essere umano.» Respinse l'autocommiserazione. Aveva deciso di seguire quella strada anni prima e non avrebbe permesso a un altro genio ingannevole di dissuaderla.

«Non stai solo rifiutando il tuo desiderio, lo sai. Elim ti torturerà fino al giorno della tua morte.» Ophir si sporse in avanti con i gomiti sul tavolo. «Sapevi che ha messo un'illusione sul salone? L'ha smorzato per renderlo meno attraente per i clienti.»

«Bastardo.» Si lasciò cadere sulla sedia e aggrottò la fronte, le mani flosce sul tavolo. «Sapevo che aveva fatto qualcosa, ma non lo avrebbe mai ammesso.»

«E se lo rimandassi nella mia dimensione? Permanentemente? In modo che non possa mai più tornare in questo regno?» Allungò una mano sul tavolo e avvolse una delle mani di lei con la sua. «Soddisferebbe la tua ricerca di protezione per l'umanità?»

Il suo tocco le incendiò il sangue. *Concentrati, Tanika.* «Hai detto che non puoi accedere a una magia potente senza un portale. In più, lui è immune. Come pensi di sconfiggerlo?»

«Nel modo in cui tutti i geni trattano tra loro. Con un accordo.»

«Che tipo di accordo?»

Lui si leccò le labbra. «Credo di poter assumere il tuo debito.»

Il suo cuore si fermò per un istante. «Cioè... diventeresti il mio genio?»

«Prenderei possesso del portale, sì.»

«Lo sapevo!» Ritrasse la mano di scatto, con il tradimento che le bruciava dentro.

«Ero serio quando ho promesso di non raccogliere mai più l'anima di un altro mortale.» Il suo sguardo rimase fisso sul suo, ma ritirò la mano. «Ma non riesco a pensare a un altro modo per spezzare la presa di Elim su di te.»

Stava ancora cercando di venire a patti con l'incontro con un secondo genio, per non parlare di fidarsi delle sue motivazioni. Eppure, una parte di lei voleva fidarsi di tutto quello che riguardava Ophir. Il modo in cui il suo tocco poteva mandarle il cervello in pappa era sconcertante. Il sospetto le sbocciò nel petto. «Stai *tu* lanciando un incantesimo su di me?»

«No. Anzi, non posso.» La sua risposta fu lunga, strascicata e sexy. «Non ho mai incontrato un'umana come te.»

Il respiro le svolazzò in gola. «Cosa vuoi dire?»

Lui si sporse in avanti, con la sedia pieghevole economica che scricchiolava mentre si muoveva. «Potrebbe essere la magia del tuo desiderio che ti pervade, o forse porti una traccia di sangue di genio.»

«Cioè, un genio era un mio antenato?» Lo stomaco le si ribaltò, con il cioccolato che aveva mangiato prima che le si agitava fastidiosamente nello stomaco. L'idea di avere legami ancestrali con un genio le dava una nausea fisica.

Lui scrollò le spalle. «È possibile. Durante i primi anni delle nostre incursioni sulla Terra, prima che si scoprisse che le anime mortali potevano essere consumate, alcuni geni trovarono compagne umane e si legarono a loro. Dopo tanti millenni, tuttavia, le discendenze rimaste sono molto esili.»

Ancor più della prospettiva di essere in parte genio, parlare con Ophir di compagne e figli la metteva a disagio. Deglutì, raddrizzando le spalle. «Quindi sono un esemplare unico o che so io. Questo non spiega ancora perché ti preoccupi così tanto della mia felicità.»

Lui si alzò, con il suo corpo lento e languido, e girò intorno al tavolo per guardarla dall'alto. «Consideralo egoismo. Non voglio che tu scappi da me ogni volta che ti guardo perché hai paura di un desiderio.»

Se fosse stata in piedi, le ginocchia le sarebbero cedute sotto il suo sguardo famelico. Il suo profumo era stato mascherato dal pollo al burro prima, ma ora era così vicino da sfiorarle le ginocchia, e il suo aroma mascolino la riempì di un desiderio inebriante. Con una mano, spinse da parte il tavolo pieghevole, con i piedini gommati che stridevano sul linoleum, e si mosse nello spazio che questo aveva occupato. Accovacciandosi, le posò una mano su ciascuno dei ginocchi.

Catturata dal suo sguardo intenso, non riuscì a formulare parole. Passò un lungo momento da arresto cardiaco. Lentamente, lui premette il suo corpo tra le sue cosce consenzienti, aprendole finché il suo respiro non le sfiorò il viso. Le stuzzicò con la lingua la fessura delle labbra, mandandole un brivido dritto all'ombelico. Fremendo, sentì le labbra schiudersi per accoglierlo.

Che il cielo l'aiutasse, quest'uomo le trasformava i pensieri in gelatina, per non parlare del suo corpo.

Le mordicchiò prima il labbro superiore, poi quello inferiore, come se la stesse assaggiando per la prima volta. Le mani di lei si insinuarono sulle sue spalle, scivolarono su e gli accarezzarono la nuca. Con un'inclinazione della sua testa, la sua bocca catturò la sua, la lingua che le percorreva i denti prima di insinuarsi dentro, lunga e decisa. Lei si aggrappò a lui, lasciando che la guidasse in una danza erotica, mentre le mani di lui le scivolavano lungo le cosce per posarsi all'altezza dei fianchi.

Un suono famelico gli sfuggì, dicendole quanto la desiderasse, inviando scariche di anticipazione nel profondo del suo essere. Lei agganciò le caviglie intorno alla sua vita, fremendo alla dura lunghezza della sua erezione che premeva contro il suo sesso. Lui si inclinò in avanti, strusciandosi contro il suo clitoride e approfondendo il bacio. Ricordare il modo in cui le aveva strappato un orgasmo al ristorante le fece tremare il centro di eccitazione. Ciò che stavano facendo era pericoloso. Proibito. E questo le faceva desiderare Ophir ancora di più, sperimentare tutto quello che aveva da offrire, accettare la sua promessa di libertà.

«Tanika», gemette lui contro le sue labbra. Facendole scivolare entrambe le mani sotto il sedere, si alzò, tenendola stretta a sé, completamente avvinghiata. I suoi muscoli si ondularono mentre si muoveva, sicuro e stabile anche con il suo peso aggiunto. Come se fosse stato nel suo appartamento un milione di volte, la portò con facilità attraverso il soggiorno fino alla sua camera da letto, aprendo la porta con un piede e adagiandola sul letto. Tutto questo senza mai interrompere il contatto con le sue labbra fameliche.

Il suono di qualcuno che si schiariva la gola li bloccò entrambi.

«Sembra che sia arrivato giusto in tempo.» La voce di Elim graffiò l'aria della stanza come vetri infranti.

Nove

Ophir si raddrizzò per fronteggiare l'altro jinn, con i nervi in fiamme per la magia. Il cibo doveva aver rinvigorito le riserve di Elim. Tanika corse verso la lampada sul comodino e l'accese, rivelando il suo jinn con le braccia conserte e profonde rughe d'espressione a solcargli il viso.

«Come fai a essere di nuovo qui così presto?» disse lei senza fiato.

«Ero preoccupato per te.» La voce di Elim era intrisa di sarcasmo. «Dopotutto, sono legato alla tua felicità.»

«Se fosse vero, stramazzeresti a terra e moriresti» sputò lei.

Alzando gli occhi al cielo, Elim rivolse la sua attenzione a Ophir. «Non è questa la situazione in cui mi aspettavo di trovarti. A che gioco stai giocando, Ophir?»

Ophir ridacchiò, stiracchiando il collo da una parte e dall'altra e lisciandosi la camicia sul petto, ponderando attentamente le sue parole. «Hai accennato alle… piacevoli… opportunità di Tanika quando abbiamo parlato al ristorante. Ero curioso.» Si sedette sul letto, molleggiando leggermente come per provare le molle. «Dato che sono immune alla tua magia, ho pensato di offrirle del piacere senza alcun impegno. Ora, se vuoi scusarci, preferiremmo non avere un pubblico.»

Con sua sorpresa, Tanika non si scompose di fronte alla sua sfrontatezza. Indicò la porta. «Sì, Elim. Vattene.»

Il corpo di Elim parve vibrare, increspandosi mentre puntava il suo sguardo viola e luminoso sulla sua padrona. «Non sei il tipo di donna che può avere un'avventura di una notte e andarsene senza rimpianti.»

Tanika sbuffò. «E tu come faresti a saperlo?»

«Mi sono assicurato di questo con il modo in cui sei stata cresciuta. Genitori adottivi amorevoli e morali. Una famiglia che ti insegnasse come realizzare il tuo desiderio.» I suoi occhi ardevano come braci viola. «Mi sono preso cura di te.»

Ophir rise. «"Preso cura di lei"? Direi piuttosto che eri nervoso. Deve esserti costata molta energia, rafforzare la presa che il desiderio aveva su di lei.»

Gli occhi di Elim si strinsero, riducendo il loro bagliore viola a due fessure. «Un pessimo affare, lo ammetto. Ne abbiamo fatti tutti. E lei si rifiuta di rinegoziare.» Si leccò le labbra e inclinò leggermente la testa. «Potresti aiutarmi. Convincila a completare il desiderio.»

Ophir sbadigliò come se si stesse annoiando della conversazione. Eppure, dentro di sé era elettrizzato. Elim gli stava rendendo l'accordo così facile. «Sarebbe un patto costoso, amico mio. È piuttosto irremovibile sul fatto di volerti morto.»

«Tutti hanno un prezzo.» Delle goccioline di saliva volarono dalle labbra di Elim. «Scopri solo qual è il suo.»

«Mmm. La tua situazione *è* intrigante.» Ophir girò la testa per guardare Tanika, che si era rannicchiata ancora vicino alla lampada, con la pelle olivastra cerea. «Cosa ci vorrebbe, Tanika?»

Lei deglutì a fatica, il suo sguardo incrociò quello di lui. Passò un battito di cuore. Poi dieci. Alla fine, spostò di nuovo la sua attenzione su Elim. «Voglio che tu lasci la Terra e non interagisca mai più con un altro essere umano.»

Le narici di Elim si dilatarono. «Questo non è un accordo. Tu ottieni ciò che vuoi e io non ottengo niente.»

«Niente?» Lei si fece avanti di scatto come se volesse attaccarlo, ma si fermò all'angolo del materasso. «Ti sei preso mia madre e mia nonna! Hai già avuto il tuo compenso!»

Ophir si alzò, raggiungendola. Era magnifica quand'era arrabbiata. Non si sarebbe sorpreso di vedere un barlume di luce color lavanda nei suoi occhi. Fece un sorrisetto al suo compagno jinn. «Ha ragione, Elim. Accetterei il suo accordo.»

Con gli occhi ardenti, Elim arricciò le labbra e prese un respiro profondo. Per quanto debole potesse essere il jinn, sembrava comunque gonfiarsi di potere. «Cosa ci guadagni tu, Ophir? Perché sei qui? Non solo per un pezzo di fica mortale.»

Un ringhio di avvertimento salì dalla gola di Ophir. Prima che potesse parlare, Tanika lo superò con una gomitata, fulminando con lo sguardo il suo jinn. «Sei solo arrabbiato perché mi sono trovata un amico di letto e non puoi farci niente.»

La lampada del comodino scoppiettò e si spense, lasciando la stanza illuminata solo dalle fiamme negli occhi di Elim. «Non prenderti gioco di me, mortale. Finora sono stato paziente.»

Tanika, però, sembrava inarrestabile. «Cosa hai intenzione di fare, poltergeist? Spuntare le mie forbici? Invertire i colori delle mie tinte per capelli? Non ti è rimasto alcun potere reale. Sei solo un guscio vuoto del mostro che eri.»

Elim ruggì, protendendo le mani come per strangolarla. Tanika indietreggiò, alzando le mani davanti a sé mentre il jinn gridava: «Darò fuoco al salone con Birdie dentro, se è questo che ci vuole!»

Ophir si lanciò, spingendo di lato il jinn. Elim non avrebbe mai fatto davvero del male a Tanika, non con il desiderio sospeso tra loro, ma Ophir si rifiutava di permettere che lei fosse intimidita. Si trovò faccia a faccia con Elim, il respiro affannoso. «Non finché ci sarò io.»

Gli occhi di Elim si spalancarono. Poi la sua bocca si allargò in un ghigno. «Non è solo un pezzo di fica per te, vero?» Fece un passo indietro e si mise entrambe le mani sui fianchi scarni, mentre una risata rauca gli usciva dal petto. «Pensavo che accoppiarsi con gli umani fosse una cosa del passato per la nostra specie, eppure eccoti qui, a dimostrarmi il contrario. Ti rendi conto che è mortale, vero? Ti stai legando a una compagna che avvizzirà e morirà.»

La stanza sembrò improvvisamente priva d'aria. Elim aveva ragione. Tanika era destinata alla morte, proprio come ogni altro essere umano che Ophir avesse mai incontrato. Proprio come Emelda. E nessun desiderio avrebbe mai potuto cambiarlo. Che razza di jinn stupido era per innamorarsi di una mortale non una, ma due volte? Non aveva imparato la lezione la prima volta?

Lanciò un'occhiata a Tanika dall'altra parte della stanza in penombra. Un nuovo terrore gli attanagliò l'anima quando si rese conto della verità. Non gli importava più del portale. Non aveva più bisogno di fuggire dalla Terra. Tutto quello che voleva era Tanika, averla e stringerla a sé per tutto il resto della sua vita. Poi avrebbe volentieri preso il posto di Elim accanto a lei nella tomba. Non importava cos'altro sarebbe accaduto da quel momento all'eternità: Tanika era sua. Non voleva pensare ai se e ai ma. Voleva solo lei. Lei era sua, per la durata della sua vita e oltre.

Ancora ridendo, Elim mosse la mano in un gesto di congedo. «Ma chi sono io per giudicare se vuoi fare il mio lavoro al posto mio? Fate pure, piccioncini. Io aspetterò.»

Tanika rimase in totale silenzio, fissando nel buio il punto appena lasciato libero dal suo demone. Le girava la testa. Prima era rimasta sconvolta nello scoprire che Elim aveva orchestrato la sua adozione, il che stravolgeva completamente la sua interpretazione dell'infanzia. Poi si era scontrata con un'altra perdita, quando il demone aveva minacciato fisicamente Birdie, il che significava che per proteggere la sua amica, avrebbe dovuto recidere un altro legame. E infine, questa faccenda di Ophir che la voleva come compagna.

Quella era la cosa più difficile da credere. Compagna suonava molto più permanente di "marito".

Esitante, si spostò verso l'interruttore a muro e accese la luce del soffitto. L'espressione sconvolta sul viso di Ophir le disse che era sotto shock tanto quanto lei. La sua voce era debole e flebile mentre sussurrava: «Di cosa sta parlando?»

Ophir si sedette sul bordo del letto e poi si lasciò cadere all'indietro come se non riuscisse più a reggersi. Fissando il soffitto, disse: «Per ottocento anni, ho visto i mortali andare e venire. Ho imparato a prendere le distanze, a non affezionarmi. Tutto quello che ho sognato era tornare a casa, lasciare questo regno di mortalità e morte per sempre.» Girò la testa contro il piumone per fissarla con uno sguardo che la trapassava. «Eppure ora scopro di non poter sopportare di perdere neanche un istante della tua vita così breve.»

Le sue parole esponevano il suo cuore a una crudezza sconosciuta: la speranza. Ebbe una breve immagine mentale di una casa con un giardino, Ophir che giocava a palla con i bambini, picnic in famiglia. Una vita di gioia. Avrebbe potuto benissimo sembrare che avesse appena pronunciato dei voti nuziali.

Scosse violentemente la testa, cercando di liberarsi di quel sogno a occhi aperti. A cosa stava pensando?

I jinn probabilmente non avevano nemmeno i matrimoni. «Ti prego, no. Non posso. Sai che non posso.»

Si rimise a sedere, il viso duro come l'acciaio. «Puoi, se distruggiamo il portale.»

Rimase a bocca aperta. Per qualche ragione, aveva creduto che distruggere un portale fosse impossibile. Ma Ophir era la prova che si potesse fare. «Questo non lo libererà come te?»

«Non se lo distruggi mentre lui è dall'altra parte.»

«Non potrebbe trovare un altro portale e tornare per vendicarsi?»

«I portali sono estremamente rari. Dubito che Elim troverà mai un modo per visitare di nuovo la Terra.»

Si morse il labbro, riflettendo. Era sufficiente bandire il demone? Per quanto ancora avrebbe potuto resistere al suo desiderio, specialmente con Ophir che la seduceva con la sua sola presenza? Il piano di Ophir significava che Elim non avrebbe potuto infastidire l'umanità per molto, molto tempo. Forse per sempre. Significava anche distruggere la sua unica via di casa. Scosse la testa. «Non posso chiederti di farlo.»

«Non me lo stai chiedendo tu. Sono io che te lo chiedo. Sposami, Tanika.»

Le ginocchia presero a tremarle e la stanza cominciò a girarle intorno. Barcollò in avanti e si sedette, pesantemente, sul materasso accanto a lui. Tirandola a sé, le scostò un groviglio di ricci dalla guancia con la punta delle dita gentili. «So che è improvviso. È improvviso anche per me, ma un jinn sa quando ha incontrato la sua compagna. Se mi vorrai, sarò tuo per il resto dei tempi.»

Le lacrime le riempirono gli occhi, e sbatté le palpebre furiosamente per schiarirsi la vista. Non voleva perdere di vista quest'uomo splendido e straordinario che era più di quanto avesse mai sperato in un marito. Tranne per una cosa: non era umano. Le aveva appena ricordato di avere più di ottocento anni. Sapeva che i jinn erano immortali, ma non aveva mai pensato al fatto che lei e Ophir non avrebbero mai potuto invecchiare insieme. Le conseguenze di quel fatto le tolsero il respiro. «Vuoi dire per il resto della mia vita. E quando io non ci sarò più, tu resterai intrappolato qui sulla Terra, da solo.»

Scosse la testa. «I jinn si accoppiano solo una volta,

e i compagni sono legati più o meno allo stesso modo in cui lo siete tu ed Elim ora.»

O la sua cassa toracica si era ristretta, o il suo cuore si era gonfiato, perché non sembrava esserci abbastanza spazio nel suo petto. «Vuoi dire che morirai?»

Lui scrollò le spalle e distolse lo sguardo. «Sì.»

«No!» Si mise a sedere, prendendogli tra le mani la guancia spigolosa. Lui le strinse subito le nocche, girando il viso per baciarle il palmo. Il suo respiro era caldo sulla sua pelle. Vivo. Più che vivo. Era immortale. Qualcosa che gli umani sognavano. Per cui tramavano. La nausea le montò dentro mentre cercava freneticamente una via d'uscita. «Esaudisci desideri. Non puoi rendermi immortale?»

Con le labbra ancora premute sul suo palmo, lui sorrise, ma i suoi occhi erano strizzati di tristezza. La tirò di nuovo giù contro di sé, così che la sua guancia si posò sul suo petto. «Concedere la vera immortalità è al di là del mio potere. La cosa più vicina che potrei fare è prolungare la tua vita più e più volte.» La sua voce divenne fragile. «Supponendo che tu possa trovare un'anima mortale disposta a pagarne il prezzo.»

Si irrigidì, ricordando il sacrificio di sua madre. La nausea le si agitò dentro. «Hai mai esaudito un desiderio del genere?»

«No.» La strinse per rassicurarla. «Sapevo che la possibilità esisteva, ma non l'ho mai menzionata come soluzione quando un padrone richiedeva l'immortalità.»

Torcendosi, lo guardò in volto. «Ma me l'hai appena detto.»

I suoi occhi color cioccolato fuso incontrarono i suoi. «Non mi preoccupa che tu possa perseguire un simile accordo.»

Deglutì, l'impulso di baciarlo le fece formicolare la bocca. Il suo battito cardiaco era forte sotto la sua guancia. La conosceva bene, nonostante si fossero appena incontrati. Poteva immaginare di passare con lui il resto della sua vita. Ma non poteva chiedergli di rinunciare all'immortalità. Alla fine se ne sarebbe pentito. Doveva pensare a ciò che stava perdendo. «Parlami del tuo mondo natale.»

Aggrottando la fronte come se stesse lottando per ricordare, disse: «È impossibile da descrivere nel linguaggio umano. Un luogo di etere mutevole, attraversato da nastri d'ebano e plasma. I jinn sono esseri di energia. Seguiamo il plasma come zingari su case galleggianti. Ci muoviamo e facciamo affari, commerciando in energia. La nostra dimensione è, in un certo senso, un regno di anime. Un portale ci permette di sperimentare un'esistenza corporea.»

«Per avere un corpo, vuoi dire?»

«Sì.»

«Perché mai dovreste volerlo?»

«L'energia è come una droga per la mia gente. Passare dalla materia all'energia e viceversa è l'esperienza più potente che abbiamo. Assorbire un'anima umana è una beatitudine indescrivibile.» Il suo viso arrossì e distolse lo sguardo come se si vergognasse di incrociare il suo. «Una volta scoperta la Terra, una volta assaggiata, è stato impossibile tornare indietro. Credo... credo di essere stato fortunato a rimanere qui abbastanza a lungo da superare la dipendenza. Da diventare umano.»

Capì che lo diceva sul serio. Non voleva tornare a essere quello che era. Sussurrò: «Una volta che il portale sarà sparito, resterai intrappolato qui.»

Le premette le labbra sulla fronte. «Non ricordo un giorno in cui non abbia desiderato un portale, e ora non potresti costringermi ad attraversarlo neanche provandoci.» Tirandosi indietro, le sollevò il mento, guardandola negli occhi. «Una vita mortale con te, Tanika, varrebbe ogni singolo istante.»

La sua intensità le fece fremere ogni nervo. Aveva vissuto così a lungo nella negazione che era a disagio all'idea che il suo desiderio potesse avverarsi. «E se dicessi di no?»

Arricciò il viso, poi le diede un leggero morsetto sul naso, trasformando la sua ansia in una risata. «Non ti libererai di me così facilmente. Devo restare qui e tenerti fuori dai guai, che tu mi voglia o no.»

Lei gli avvolse le braccia intorno alla vita e lo strinse, le superfici dure del suo corpo premute contro le sue. Le punte dei suoi seni dolevano dove si schiacciavano contro di lui.

Lui le fece scivolare le mani lungo la schiena e le prese il sedere, aggiustandola per avvicinarla ancora di più. Il tocco familiare sul suo corpo le fece fremere le viscere. Lo avrebbe fatto. Avrebbe accettato il suo desiderio.

Portando la mano all'orlo della camicia di lui, gliela fece scivolare sotto fino ai muscoli ondulati della schiena, scioccata dalla propria sfrontatezza. La sua pelle tremò in risposta, e sentì l'impennata del suo cazzo contro il suo ventre. Il suo centro si contrasse in risposta. Anticipazione. Emozioni primitive si agitarono dentro di lei, e il punto tra le sue gambe divenne insolitamente caldo.

Abbassando il viso verso il suo, le prese la bocca, con le labbra esigenti. Con una mano che le afferrava la nuca, le spinse profondamente la lingua dentro, facendola roteare e intrecciandola con la sua, ancora incerta. Temeva di poter fare qualcosa di sbagliato. E se non fosse stata in grado di compiacerlo? Non aveva mai avuto nemmeno un fidanzatino d'infanzia con cui fare pratica.

A Ophir non sembrava importare. La sua mano vagante le avviluppò un seno, massaggiandole la carne dolente mentre la baciava lungo la mascella e giù per la colonna del collo. Il contatto le mandò scosse di desiderio lungo la spina dorsale e le agitò le farfalle nello stomaco. La sua mano lasciò il seno e scivolò giù fino al fianco. Con un movimento rapido, le sollevò la camicetta, alzandola dal materasso per sfilarle l'indumento dalla testa. L'aria fresca le solleticò la pelle.

Ora le sue mani avevano pieno accesso al suo busto, il calore del suo tocco la marchiava a fuoco. Le sue dita le strappavano piccoli sospiri di piacere ogni volta che le avvolgeva un seno o si infilava sotto l'elastico dei suoi leggings. Le sue dita provocanti le passarono sulla schiena e le slacciarono il reggiseno. l'improvviso rilascio della fascia elastica le diede la sensazione che tutte le sue farfalle stessero per liberarsi. Lo adorava. Sfilandosi dalle spalline, sentì un brivido sotto il suo sguardo affamato.

«Bellissima», mormorò, e la fece rotolare sulla schiena. Si chinò, passandole la sua larga lingua su un capezzolo.

Scoccarono scintille, l'areola le si indurì fino a formare una punta impossibile mentre l'altro seno reclamava la stessa attenzione. Lui succhiò, sfiorando la punta sensibile, e un impulso di puro piacere le scese verso il centro. Si spostò sull'altro seno e gli riservò lo stesso trattamento, finché lei non inarcò la schiena per averne ancora.

Poi si allontanò, e lei non sentì altro che il peso del suo sguardo per alcuni battiti di cuore. Aprì gli occhi e incontrò i suoi. La lussuria lì dentro era innegabile. Eppure lui non si mosse. Si inginocchiò solo sopra di lei, le gambe a cavalcioni delle sue. L'attesa crebbe. Doveva fare qualcosa? Abbassò lo sguardo verso il suo cavallo, e le viscere le fremevano al rigonfiamento nei suoi jeans.

La sua voce sensuale la raggiunse. «Vuoi qualcosa, Tanika?»

«Sì.» Non riuscì a trattenere il suo desiderio.

«Cosa? Dimmelo.»

Alzò di nuovo lo sguardo, incrociando i suoi occhi. Voleva che chiedesse? Che implorasse? Che prendesse?

«Non hai mai detto di sì. Voglio sapere che sei sicura.» La sua voce l'avvolse come una carezza.

Oh. Si leccò le labbra. «Te. Voglio te.»

Lui sorrise con un ghigno malizioso e irresistibile. Lentamente, le sue lunghe dita sbottonarono la camicia, esponendo i suoi pettorali duri e gli addominali scolpiti. La sua pelle era liscia, tranne per una sottile linea di peli sotto l'ombelico, che indicava la via verso l'elastico dei suoi jeans. Gettò da parte la camicia, una folata di colonia maschile riempì l'aria, e poi si trovò sopra di lei, il suo petto nudo a sfiorarle i capezzoli turgidi. Lei emise un suono inintelligibile, a malapena in grado di respirare.

Sostenendosi sui gomiti, le prese il viso tra le mani e la baciò, la lingua che si insinuava profondamente mentre le mani di lei esploravano la sua pelle esposta. Le sue gambe erano ancora intrappolate tra le sue ginocchia, e lei fletté i fianchi verso l'alto, come un fiore che si schiude. Lui strinse più forte le gambe, come per dirle di aspettare, e continuò a baciarla, esplorando ogni millimetro della sua bocca.

Lentamente, cominciò a dondolare, molto leggermente, sfregando i loro petti nudi l'uno contro l'altro. Ogni abrasione provocante sui suoi capezzoli la faceva contorcere. Un bisogno stava crescendo dentro di lei. Un desiderio profondo e indefinibile di sentirlo su tutto il corpo. Ma il bacio era così ipnotico che non voleva finisse.

Come se percepisse la sua frustrazione, sollevò un ginocchio e lo spinse tra le gambe di lei. Lei grugnì di sorpresa e poi di piacere mentre lui le premeva la coscia contro il clitoride. Pulsava e palpitava, e lei strinse le cosce sulla gamba di lui e dondolò i fianchi. Aumentò il ritmo per eguagliare il suo desiderio, urtandola. Una mano lasciò il suo viso e le afferrò il fianco, tenendola ferma e aumentando la pressione sul suo clitoride. Il suo bisogno crebbe. Le salì addosso come una cosa fisica. Fremette sul punto di esplodere, che poi la travolse.

Gemendo, cavalcò il suo orgasmo, le gambe frementi. Prima che l'onda si placasse del tutto, si spostò sui suoi seni, passandole la lingua in cerchio prima su un'areola, poi sull'altra. I fasci di nervi lì inviarono scosse elettriche di piacere al suo centro già pulsante, prolungando l'orgasmo a cascata come un sospiro.

La sua bocca scivolò dai seni al ventre, lasciando baci umidi che formicolavano nell'aria fresca. Le immerse la lingua nell'ombelico prima di spostarsi più in basso. I suoi leggings scivolarono via dal suo corpo, portando con sé le mutandine, e lei giacque completamente nuda davanti a lui. Si inginocchiò e soffiò aria calda sul suo clitoride. Lei rabbrividì.

«Ophir» gemette, non sicura di cosa intendesse. Lui la prese come una domanda.

«Sì, amore mio?» Le baciò l'interno coscia, inviando altre scosse elettriche che sfrecciavano verso il suo centro.

Si aprì per lui, e le sue mani le allargarono e sollevarono dolcemente le cosce, reclamando completo accesso a lei. Lo sfioramento del suo tocco sui suoi ricci la lasciò tremante. Poi la sua lingua le aprì le piccole labbra, scivolando verso l'alto dalla fonte del suo desiderio sopra il clitoride, girandogli intorno prima di scendere di nuovo. Rimase immobile, ansimando, in attesa. Lui le cerchiò di nuovo il clitoride, poi strinse le labbra sulla protuberanza e succhiò. Lei inarcò la schiena, un gemito di piacere le sfuggì. Dio, sapeva come far funzionare il suo corpo. Lei spinse il suo sesso più saldamente contro di lui, implorando di averne ancora.

Lui gemette e affondò il viso in lei, penetrandola con la lingua. Persa in lui, afferrò le sue ciocche di capelli e piegò le gambe più in alto per accettarlo. I suoi palmi le massaggiavano le cosce, i pollici che ruotavano nello punto sensibile dove sedere incontra le cosce e lungo la piega a entrambi i lati della sua fica. Succhiò e mordicchiò finché lei non riuscì a concentrarsi su nient'altro che sul bisogno di venire di nuovo.

Una delle sue mani lasciò le sue cosce e lui le infilò un dito dentro, facendolo scivolare dentro e fuori finché il suo centro non si strinse intorno a lui. Lei gemette e si contorse, incerta se avesse bisogno di allontanarsi o di implorare di più. Lui spinse più forte, più a fondo, aggiungendo un secondo dito, succhiando forte.

Un altro orgasmo la attraversò, ondate che viaggiavano dal profondo per prendere il controllo di tutto il suo corpo, scuotendola con convulsioni di piacere.

Eppure non era abbastanza. Era incompleto. Ansimando, si allungò verso di lui, volendolo, volendo tutto. «Ti prego. Scopami.»

Il suo sguardo carico di lussuria catturò il suo mentre si inginocchiava sopra di lei. Con un gesto della mano, i suoi jeans svanirono e lui si mostrò davanti a lei in tutta la sua nuda gloria, il cazzo che pulsava alto e grosso. Un momento di paura la avvolse. Sembrava così grosso. Così duro. Ma poi lui era sdraiato sopra di lei, la linea della sua erezione che le stuzzicava la fessura bagnata mentre la placava di nuovo con i suoi baci.

Lei strinse la presa sulle sue spalle, contorcendosi. Il suo cazzo era così caldo, così duro. E lo voleva. Voleva tutto. La liscia testa rotonda in equilibrio alla sua entrata, che premeva ma non penetrava. Inarcò la schiena contro di lui, il corpo teso per l'anticipazione e il bisogno. Così vicino. Eppure lui rimaneva immobile. Ansimante.

«Sei sicura?» chiese.

«Sì» ansimò. «Ti prego.»

La baciò nello stesso momento in cui spinse in avanti. Lei sussultò, il bruciore acuto era sia sorpresa che sollievo. Si sentiva incredibilmente grande, eppure incredibilmente giusto. Riempiva un vuoto dentro di lei, la completava in un modo che non aveva mai immaginato possibile. Il suo cuore batteva all'impazzata e lei ansimava in cerca d'aria.

«Sei così piacevole.» Si ritrasse e roteò i fianchi per farsi strada più a fondo dentro di lei. «Ti sto facendo male?»

Lei scosse la testa e sospirò, accettandolo, volendolo, adattandosi a lui. Si deliziò del bruciore mentre un'altra parte di lui le scivolava dentro. Lui si fermò, uniti solo parzialmente, e le passò lentamente la lingua sulle labbra. Dondolando, la distese e si fece strada in lei, ogni spinta lo portava più a fondo. L'assalto ai suoi sensi era impossibile da sostenere. Allargò le gambe il più possibile, accogliendolo. Con un'altra spinta decisa, i suoi fianchi si assestarono contro i suoi con una finalità soddisfacente.

«Perfetta», chinò la testa e ansimò. «Tutto di te. Così perfetta.»

Lei gli avvolse le braccia intorno alle spalle e lo tenne stretto, assaporando l'indescrivibile sensazione della loro unione. Lo stupore di tenerlo dentro di sé durò solo un attimo. Poi lui si ritrasse e spinse di nuovo. Il bruciore era minore, ora dominato invece dalla lussuria. Le sue lente spinte la incendiarono in un modo diverso dalla sua bocca o dalle sue dita. Una sensazione più piena, più completa.

Spingeva dentro e fuori, mentre lei si arcuava per incontrarlo finché la sua pelle non schiaffeggiò contro la sua. Gemette ogni volta che lui affondava dentro di lei e il suo ansimare la mandava in estasi. Il suo centro si strinse attorno al suo cazzo, ogni bruciore e dolore da tempo dimenticati. Le vertigini la consumarono e ogni nervo sembrava stimolato. Lui la spinse più in alto di quanto pensasse fosse possibile sperimentare per il corpo umano. Non riusciva a respirare, né a muoversi. Il suo corpo sembrava bloccato sull'orlo del suo orgasmo.

Lui gemette il suo nome e in qualche modo la riempì più a fondo. Lei vacillò: ondate la attraversarono, su e giù per il corpo, facendola tremare. Con un grugnito, Ophir spinse ancora una volta. Sbuffi caldi del suo rilascio la riempirono, ogni pulsazione del suo cazzo che inviava un'altra contrazione attraverso il suo corpo. Le onde ondulate sembrarono durare un'eternità, il loro rilascio congiunto terminò solo dopo che lui le ebbe dato tutto.

Il mondo tornò a fuoco attorno a lei. La pelle calda e scivolosa di Ophir premuta contro la sua. Il suo respiro affannoso nel suo orecchio. Il peso rassicurante di lui sopra di lei. Il suo respiro rallentò. La pace la riempì. Appagamento. Ciò che avevano appena condiviso era a dir poco straordinario.

«Mia bellissima, perfetta Tanika.»

Lei emise un enorme sospiro. «È stato... è stato...»

«Un legame. Ecco cos'era. Sono sigillato a te. Ora riposa e lasciati tenere.»

Lei riposò, al sicuro e in pace per la prima volta da quando aveva espresso il suo terribile desiderio.

Dieci

Ophir rotolò via dal corpo di Tanika, e la perdita del suo calore fu acuta. Immediata. La strinse al petto, cercando il conforto che aveva trovato tra le sue braccia. Lei mormorò e si accoccolò contro di lui con il suo sedere voluttuoso. Avrebbe voluto restare lì per sempre. Ma avevano un'ultima cosa da fare.

Le sussurrò all'orecchio: «Svegliati, amore mio. Dobbiamo distruggere un portale.»

Lei si rannicchiò ancora di più. «Adesso?»

Allungò una mano e le pizzicò il sedere, abbastanza forte da strapparle un guaito di sorpresa, ma non tanto da punirla davvero. «Sì, adesso. Il tuo desiderio è stato esaudito. Coglierà la prima occasione per consegnare il portale a un nuovo padrone.»

Scattò a sedere, la curva del seno illuminata dal debole bagliore dell'alba che filtrava dalla finestra della sua camera da letto. «Ma la banca è chiusa.»

«Allora non c'è momento migliore per entrare, giusto?»

Con un lampo negli occhi, si alzò e fece riapparire i suoi vestiti. Lei si affrettò a cercare i propri, e lui sogghignò, guardandola infilare i piedi nei leggings.

«Potresti anche aiutarmi, sai», borbottò.

«E perdermi le tue curve divine? Non credo proprio.»

Lei arrossì, diventando rosea come l'alba fuori dalla finestra.

Una volta vestiti entrambi, la condusse alla decappottabile, facendola accomodare al suo posto prima di chiederle indicazioni.

«Dobbiamo andare a Redmond.»

Le strinse un ginocchio e guidò fino a una vicina ciambelleria.

«Perché ci fermiamo?», chiese lei.

«Userò molta energia per creare un crogiolo abbastanza caldo da fondere il portale. Fare il pieno di carboidrati aiuterà.» Mentre il giovane stanco dietro al bancone preparava due caffè, Ophir scelse una dozzina di ciambelle. «Qual è la tua preferita?», chiese a Tanika.

«Oh, nessuna per me, grazie.»

Dando cento dollari di mancia al giovane, porse la scatola di dolci a Tanika per poter riempire di zucchero il suo caffè. Lei inspirò a fondo l'aroma proveniente dalla scatola e gemette. «Il solo fatto di tenerla in mano mi farà ingrassare di dieci chili, lo sai.»

Dal lato del passeggero, le tese le chiavi e le prese la scatola. «Guideresti tu così posso mangiare?»

I suoi occhi si illuminarono. «Guidare? Io? Non è per niente come la mia Ford Escort.»

«Andrai benissimo.» Diede un morso a un bombolone alla crema bavarese, e la crema dolce e acidula gli inondò la lingua, mentre la pasta si scioglieva in bocca. Lo avvicinò alle labbra di lei. «Prova. Solo un assaggio.»

Leccandosi le labbra, lei esitò, poi si sporse e ne prese un morso delicato. «Oh, mio Dio.» Chiuse gli occhi e lasciò cadere la testa all'indietro contro il poggiatesta. «È delizioso.»

Lui si ficcò in bocca il resto e ne prese un altro, sentendo l'energia che si accumulava lentamente depositarsi nelle ossa.

«Hai davvero intenzione di mangiarle tutte?»

Inarcò le sopracciglia e annuì, divertito dal suo tono di rimprovero.

«Beato te.» Lei mise in marcia, uscì lentamente dal parcheggio, mise la freccia e guardò da entrambi i lati prima di immettersi nella strada quasi deserta.

Lui rise con la bocca piena di ciambella alla marmellata. «Non devi essere così prudente.»

«Parli della macchina? O delle ciambelle?»

«Di entrambe.» Le porse la ciambella, e questa volta lei ne prese un grosso morso. Un punto di ripieno al lampone le macchiò l'angolo della bocca perfetta. Lui si chinò per leccarlo via, elettrizzato dal modo in cui lei si voltò verso di lui per trasformare il gesto in un bacio. Dopo un lungo istante, lei si tirò indietro e prese fiato, agitandogli un dito contro.

«Non distrarre il conducente.» Un sorriso le illuminava il volto mentre premeva sull'acceleratore, facendoli scattare in avanti.

Raggiunsero Redmond a tempo di record, dove l'edificio di mattoni a due piani della banca proiettava una lunga ombra sul selciato. Tanika entrò nel parcheggio, fermandosi in un angolo lontano sotto un'enorme quercia. Spense il motore e si guardò intorno. «Qualcuno noterà questa macchina.»

Ophir le porse l'ultimo morso di una ciambella all'acero, poi le baciò via la dolcezza appiccicosa dalle labbra, assaporando il suo sapore tanto quanto quello del dolce. «Non preoccuparti.» Aprì la portiera e scese. «Puoi anche lasciare le chiavi. La mia macchina la vedono solo le persone che voglio io. Vieni.»

Prendendola per mano, si diresse a grandi passi verso la porta d'ingresso, schioccò le dita e le serrature si aprirono. Aveva disattivato le telecamere di sicurezza e gli allarmi nel momento stesso in cui aveva intravisto l'insegna della First National. Fortunatamente erano tutti incantesimi minori. Avrebbe avuto bisogno di ogni riserva una volta raggiunto il portale.

«E la guardia?» chiese lei.

«Dorme.» Tenendo aperta la pesante porta a vetri, le permise di fare strada. Addormentare la guardia era stato un po' dispendioso, ma necessario.

Lei avanzò furtivamente, lanciando occhiate a destra e a sinistra, il che lo fece sorridere. Senza preoccuparsi di nascondere l'eco dei suoi passi sul pavimento di marmo, Ophir rimase abbastanza indietro da ammirare il suo sedere sensuale che si contraeva a ogni passo cauto che faceva. Superarono gli sportelli dei cassieri, con le loro antiche grate in ferro battuto, percorsero un breve corridoio decorato con modanature e girarono un angolo fino alla porta d'acciaio del caveau.

Fermandosi, le chiese: «Ho bisogno di sapere quanto è grande l'oggetto del portale e di cosa è fatto.»

Lei lo guardò, con una profonda preoccupazione negli occhi.

Lui allungò una mano, le accarezzò una guancia e la attirò in un bacio. «Andrà tutto bene. Creerò un crogiolo. Tu devi solo farci cadere dentro il portale.»

«Tutto qui?»

Lui annuì. «Fonderà il metallo e distruggerà la struttura cristallina che gli conferisce potere.»

Lei prese un respiro tremante. «Un ciondolo d'oro, grande quanto una noce.» Con un filo di voce, aggiunse: «Ti prego, dimmi che funzionerà.»

Le sue parole lo colpirono. Si chinò e la baciò di nuovo, dolcemente, con riverenza. «Non ti deluderò mai.»

Lasciandola andare, appoggiò entrambe le mani sulla maniglia a ruota e girò finché non si sentì un clunk. La porta si aprì senza un suono. All'interno, file e file di cassette di sicurezza rivestivano le pareti.

Tanika si diresse dritta verso la parete sinistra e tirò fuori la sua chiave. «Servirebbe anche la chiave del direttore.»

«Non importa. Indicami solo la cassetta giusta.»

Lei obbedì, e lui soffiò un incantesimo di sblocco sulla serratura. Il cuore gli martellava nelle orecchie. Tutto dipendeva dal riuscire a fare ciò prima che Elim si rendesse conto di cosa stava succedendo. «Sii pronta ad aprirla. Sto per evocare un crogiolo.»

Chiudendo gli occhi, richiamò il vortice di energia dal fondo del suo stomaco e lo concentrò di fronte a sé, all'altezza della vita. Il calore riempì la stanza, irradiandosi dal puntino luminoso che fluttuava lì. Aprì gli occhi e fissò il cerchio di luce crescente, desiderando che diventasse un piccolo sole accecante. Lanciò un'occhiata a Tanika e annuì, ogni grammo della sua attenzione concentrato sul calore che si stava accumulando.

Tanika tirò la cassetta verso di sé e armeggiò con il coperchio a scatto. Estrasse un sacchetto di velluto nero e lasciò che la pesante scatola si schiantasse sul pavimento. Ophir poteva sentire l'energia del portale, odorare il profumo dolciastro d'anice della sua magia. Ma quella magia non aveva più alcun potere su di lui. Ophir respirò attraverso il naso, riversando tutta la sua forza nel crogiolo. Sostenere una tale produzione di energia avrebbe potuto farlo collassare. Tanika doveva sbrigarsi. Lei lottò con il cordoncino del sacchetto e lui gridò: «Tutto intero!»

La comprensione le illuminò il viso, e lei lanciò l'intero sacchetto nel calore vorticoso. Il velluto si dissolse in una nuvola di fumo scuro. Al centro del crogiolo, il ciondolo si oscurò per un battito di ciglia, poi divenne rosso incandescente, e infine di un bianco dorato.

Quando fu sicuro che la struttura fosse completamente fusa, Ophir interruppe il flusso di energia. L'oro fuso continuò a fluttuare per un altro istante, ancora intrappolato dalla forza dell'energia residua. Poi cadde come una gigantesca lacrima sul pavimento, atterrando con un rumore sordo e vischioso.

Tanika saltò all'indietro per evitare lo schizzo rovente, simile a quello di un vulcano. Ophir fece un passo avanti, preoccupato che si fosse bruciata. Lui poteva essere immune al calore, ma avrebbe dovuto avvertirla. Non aveva fatto più di un passo quando le gambe gli cedettero e cadde a faccia in giù sulle piastrelle dure, mentre il mondo intorno a lui si oscurava.

Undici

Tanika si era sempre creduta forte. Una tosta. Avrebbe dovuto essere in grado di trascinare un uomo su un pavimento perfettamente liscio e piatto. E invece no. La stazza imponente di Ophir avrebbe potuto essere quella di un elefante. Le sue ballerine non riuscivano a far presa sul marmo lucidissimo e fu costretta a togliersele, pregando che la polizia non potesse risalire a qualcuno dalle impronte dei piedi.

Anche a piedi nudi, le ci volle un'eternità per farlo scivolare fino alla porta del caveau. Si fermò per riposare, fissando la stanza piena di cassette di sicurezza. Grumi d'oro rappresi aderivano al marmo, e una crepa rovinava la piastrella che la sua cassetta di metallo aveva colpito. Il coperchio della cassetta era piegato, ma era riuscita a rimetterla con la forza al suo posto mentre aspettava che Ophir riprendesse conoscenza. Visto che non si era ripreso, non le era rimasta altra scelta che spostarlo da sola.

Si inginocchiò accanto a lui, passandogli la punta delle dita sulle sopracciglia. Non aveva pensato che un djinn potesse perdere i sensi. Che la mortalità si stesse già insinuando in lui? Lo stomaco le si contorse per il rimorso. Lui era suo, e ora toccava a lei prendersi cura di lui. Dovevano andarsene da lì prima che la banca aprisse tra... controllò il telefono. Quaranta minuti. *Cazzo!* Gli afferrò il polso e tirò di nuovo, facendolo avanzare centimetro per centimetro sul pavimento finché non superò la soglia del caveau.

Scavalcandolo, gli spostò le gambe di lato e spinse la pesante porta di metallo per chiuderla, girando il volantino di bloccaggio. Cosa avrebbero pensato gli impiegati al loro arrivo? Scosse la testa. Doveva confidare nel fatto che Ophir potesse coprire le loro tracce, che in qualche modo le stesse *ancora* coprendo. Almeno, per ora non era scattato nessun allarme.

Afferrandogli il polso, tirò di nuovo, avanzando fino all'angolo del breve corridoio che portava all'atrio principale. Il fianco di Ophir si impigliò nell'angolo mentre tentava di svoltare, e lei dovette liberare il passante della cintura dal punto in cui si era incastrato nell'ornata placca d'ottone del battiscopa. *Stupida banca di lusso.*

Il sudore le colava tra le scapole. Tirò più forte, fin troppo consapevole del ticchettio dell'orologio che echeggiava nell'atrio. Qualcuno sarebbe arrivato da un momento all'altro per aprire la banca. Lasciandosi cadere in ginocchio accanto a Ophir, gli diede delle pacche sulle guance. «Ophir, svegliati.» Lo scosse più forte. «Svegliati!»

I suoi occhi rotearono sotto le palpebre. Poi le ciglia si dischiusero di un millimetro scarso. Borbottò qualcosa di inintelligibile.

«Dobbiamo andarcene da qui. La banca sta per aprire e non riesco a trascinarti per il resto del tragitto abbastanza in fretta.»

Un brivido gli percorse la pelle e parve arrivargli fino alle ossa. Poi rotolò su un fianco, mettendosi in piedi su gambe malferme. Il sollievo le fece vacillare le ginocchia. Si infilò con una spalla sotto il braccio di Ophir e lo guidò verso le porte. Giù per i gradini. Sotto il sole splendente del mattino.

Dall'altra parte della strada, un uomo faceva jogging dietro al suo cane al guinzaglio. Un pick-up sfrecciò via, con la musica country che risuonava dai finestrini aperti. Nessuno sembrava far caso alle due figure che attraversavano zoppicando il parcheggio vuoto.

Maledicendo la sua scelta del parcheggio, aiutò Ophir ad attraversare zoppicando la vasta distesa d'asfalto fino alla decappottabile. La capote era alzata, e lei si accigliò, non ricordando che Ophir l'avesse tirata su. Ma era stata così spaventata che lui sarebbe potuto entrare in banca camminando sulle mani e lei forse non avrebbe notato un simile dettaglio. Mentre si avvicinavano all'auto, la capote in tela si ripiegò a fisarmonica, rivelando l'interno.

Elim era seduto al posto di guida.

Dodici

Tanika emise un mezzo urlo e Ophir quasi cadde per l'improvvisa perdita del suo sostegno. Sforzò gli occhi annebbiati per mettere a fuoco, sorreggendosi con una mano sul bordo superiore del parabrezza della decappottabile. Tanika ripeteva: «No, no, no...»

Elim gli rivolse un ghigno da dietro il volante, i suoi denti bianchi e perfetti minacciosi come zanne. Il suo viso non aveva più i suoi lineamenti spigolosi e il fuoco sottile nel profondo dei suoi occhi brillava di salute da djinn. «Dove andiamo ora?»

In qualche modo Ophir trovò la forza di raddrizzarsi, fulminando con lo sguardo il djinn. «Come diavolo fa ad essere qui?» Non aveva sentito alcun flusso di magia dal portale, dal momento in cui era emerso dalla scatola finché il crogiolo non lo aveva reso inutile. «Questo non dovrebbe essere possibile.»

«La testardaggine della mia cara padrona mi ha insegnato un paio di cose.» Elim lanciò a Tanika uno sguardo lascivo. «Una di queste è che non ho più bisogno di un portale per muovermi tra i regni.»

Ancora stordito per la perdita di energia, Ophir cercò di concentrarsi. Sapeva che il crogiolo gli sarebbe costato caro, ma aveva sperato di non aver bisogno di molta magia subito dopo aver terminato il lavoro. E non aveva mai considerato che sarebbe svenuto del tutto. La povera Tanika lo aveva trascinato fuori da sola. Si voltò verso di lei. «Stai bene?»

Le sue labbra erano ancora atteggiate sulla parola "no" e la sua pelle era cerea. «Mi hai promesso che sarebbe rimasto intrappolato dall'altra parte.»

Il senso di colpa gli rodeva il petto. «Dovrebbe esserlo. Non capisco.» Il suo senso di colpa si trasformò in rabbia, dandogli forza. Raddrizzò le spalle e affrontò Elim. «Come sta facendo?»

Come un pilota da corsa, Elim si sollevò e scavalcò la portiera dell'auto con le gambe, mantenendo il veicolo tra sé e Ophir. Ma non sembrava spaventato.

Invece, spinse indietro le spalle e scosse la testa come se si stesse godendo una brezza marina. «La più piccola connessione con un djinn legato alla Terra è un'ancora sufficiente, a quanto pare.»

L'indignazione riempì Ophir. Non aveva avvertito alcun cambiamento di potere, ma questo metodo di viaggio tra le dimensioni era nuovo per lui. «Sta usando *me*?»

Tanika si lasciò cadere in ginocchio sull'asfalto.

«Mi chiedo quale sia il mio raggio d'azione.» Elim si voltò di schiena e fece qualche passo lontano dall'auto.

Tanika cominciò a singhiozzare.

Ophir aggirò il cofano, le gambe che protestavano per il movimento. Doveva trovare un altro accordo, e in fretta. «Aspetta. Ho delle domande.»

Elim si fermò e si guardò alle spalle, con un leggero sorriso sulle labbra. «Cosa offre in cambio di risposte?»

Maledizione, non era pronto per questo. Né mentalmente né fisicamente. Se solo avesse avuto qualcosa, qualsiasi cosa, da usare come leva.

Fermando la sua avanzata, fissò intensamente il djinn. «Ha accesso al suo pieno potere?»

Ridendo, Elim si voltò e riprese a camminare. «Il desiderio mi ha liberato. Ora, se vuole scusarmi, credo sia arrivata la polizia, e non voglio essere coinvolto nei suoi guai. Ho parecchi anni perduti da recuperare.»

Elim svanì nel nulla mentre luci lampeggianti apparivano in fondo alla strada, dirette verso la banca.

Ophir barcollò di nuovo verso Tanika e la tirò verso l'auto. Il suo charme avrebbe fatto guardare la polizia dall'altra parte, un incantesimo utile per guidare, e doppiamente utile adesso. Spese un minuscolo frammento di energia per rafforzare la magia, combattendo la nausea che lo investì di conseguenza. La sua straordinaria debolezza derivava da qualcosa di più della semplice creazione del crogiolo? Avrebbe dovuto rifletterci, ma più tardi. Spinse Tanika attraverso la portiera del lato passeggero proprio mentre un'auto della polizia si fermava con uno stridio di gomme davanti ai gradini della banca. La guardia dall'aria stropicciata accolse gli agenti alla porta di vetro.

Ophir si accasciò sul sedile del guidatore, con Tanika ugualmente afflosciata sul sedile del passeggero. Chiuse gli occhi e lasciò che la testa gli cadesse all'indietro contro il poggiatesta. «È andato tutto orribilmente storto. Mi dispiace tanto, Tanika.»

Il suo respiro tremante si trasformò improvvisamente in rabbia, e cominciò a colpirgli la spalla con i pugni. «Avevi detto che non sarebbe potuto tornare!»

«Non potevo saperlo.» Il cuore gli si spezzò rendendosi conto di quanto profondamente l'avesse tradita. Di quanto avesse sottovalutato il potere di Elim. Le afferrò i pugni, schiacciato dal peso dei rimproveri. L'amore lo aveva reso impulsivo. Avventato. Avrebbe dovuto pensare meglio al suo piano. Dopo aver essenzialmente perso il suo portale, Elim aveva usato il desiderio inespresso di Tanika per accedere alla Terra, quindi non avrebbe dovuto sorprendersi che potesse trovare un altro filo da seguire. Un filo che Ophir stesso aveva inconsapevolmente fornito. Ophir deglutì, mentre un'idea si formava nella sua mente. Un'idea orribile, ma che avrebbe dovuto funzionare, usando l'unica leva che Elim gli aveva concesso.

Strinse i pugni chiusi di Tanika contro il suo cuore. «Credo che possiamo ancora bandire Elim da questo mondo.»

Lei lo fissò, il petto ansimante, le lacrime che le bagnavano le guance. «Come?»

Serrò le labbra, esitante a pronunciare la soluzione ad alta voce. Una soluzione che gli avrebbe finalmente concesso il suo desiderio vecchio di ottocento anni. Il desiderio che non voleva più. «Se torno indietro, lui non avrà più un canale.»

Lei rimase a bocca aperta. «Non puoi! Hai detto che saresti rimasto con me per sempre!»

«Lo so.» Fissò il vuoto oltre il parabrezza. Ogni molecola del suo corpo doleva al pensiero di lasciarla. «Ma non possiamo permettergli di restare.»

Nello specchietto retrovisore, notò un agente di polizia che scrutava in direzione della decappottabile. Maledizione, il loro sospetto era troppo forte. Persino lo charme poteva resistere solo a certi livelli di attenzione. Probabilmente Elim li osservava da un albero vicino e rideva. Digrignando i denti, Ophir mise in moto, innestò la marcia e partì sgommando, strappando un lembo d'erba tra il marciapiede e la strada. Appena fu a diversi isolati di distanza, rallentò di nuovo e si fermò in un vialetto vuoto.

Voltandosi verso di lui con le sopracciglia aggrottate, Tanika disse: «Vedo un grosso problema. Non hai detto che ti serviva un portale? Non puoi tornare indietro senza?»

Ci aveva pensato quando aveva deciso per quella linea d'azione. «La debolezza che ho provato è dovuta a più della mera creazione del crogiolo. Credo sia a causa di Elim. Mi ha usato come ancora tra la Terra e il nostro regno. Dovrei essere in grado di ripercorrerc il sentiero fino alla fonte. Fino a... casa.» La parola gli suonò come veleno sulla lingua.

Ancora a piedi nudi, Tanika saltò fuori dall'auto e cominciò a camminare. Lui scese dopo di lei e corse per raggiungerla. «Dove stai andando?»

«Non lo so. Voglio solo che tutto sparisca.»

Lui si fermò, lasciandola andare avanti. «Ti ho promesso che avrei liberato la Terra dalla sua presenza. E intendo farlo.»

I suoi passi vacillarono e le sue spalle si incurvarono. «Non è giusto. Ti ho appena trovato.»

In tre falcate fu accanto a lei, il cuore in pieno accordo. Eppure non poteva restare lì con lei, non con un djinn potenzialmente vendicativo che la perseguitava. L'unico modo per proteggere sia lei che il resto dell'umanità era tornare indietro. «Devo farlo. È un pericolo per te e per ogni altra persona che incontra.»

«Non c'è un altro modo? Un desiderio spezzerebbe la connessione?» Lo guardò con occhi speranzosi.

Scosse la testa. «Siamo immuni alla nostra magia reciproca, ricordi?»

Lei gli spinse inutilmente entrambi i palmi delle mani contro il petto. «Non voglio dover scegliere tra te e lui! Perdo comunque!»

Lui aprì le braccia, sollevato quando lei vi cadde dentro, premendo la guancia con forza contro il suo petto. Appoggiando il mento sulla sua testa, inspirò a fondo il suo dolce profumo di anice e agrumi. «Mi dispiace tanto.»

Non c'era davvero altro da dire. Così la tenne stretta mentre lei piangeva. Guardò il cielo dolorosamente azzurro sopra di loro, inspirò profondamente la brezza mattutina, piena dell'odore di pancetta che cuoceva e delle rose che si arrampicavano su un traliccio di una casa vicina. Fece scorrere i palmi lungo le braccia scoperte di Tanika, godendosi la pelle di velluto sotto il suo tocco. Tutte queste cose le avrebbe perse una volta tornato a essere puro spirito.

Lei sollevò il mento per guardarlo in viso. «Non c'è altra scelta. Devi andare, vero?»

Lui annuì e le sfiorò dolcemente le labbra con le sue. Il suo bel viso si contrasse di nuovo in una maschera di lacrime, e lui la strinse forte a sé, senza mai volerla lasciare andare. Il mondo sembrava essersi fermato intorno a loro, il tempo perdeva ogni significato, eppure passò appena un istante. Avrebbe conservato quel momento nel suo ricordo per l'eternità. Alla fine, la allontanò, tenendola leggermente per le braccia.

«Ora?» sussurrò lei.

Le asciugò l'umidità da sotto un occhio con un pollice e se lo portò alle labbra, assaggiando il sale. Avrebbe sentito la mancanza persino delle cose tristi. «Prima che abbia la possibilità di ingannare un'altra anima.»

Lei fece un passo indietro, il corpo rigido, gli occhi serrati. I tendini del collo le si tesero per le lacrime trattenute. Sollevò la mano destra e ne guardò il palmo. «Ho solo una linea del cuore. Ininterrotta.» Gliela tese perché la vedesse. «Ti amo, Ophir. E ti amerò fino alla fine dei miei giorni.»

Il suo petto era così stretto che si chiese se non fosse possibile morire lì, su due piedi. «E io ti amerò per tutta l'eternità.»

Detto ciò, chiuse gli occhi e si concentrò sul piccolo filo che ora sapeva essere sempre stato lì. Quello che gli permetteva di compiere piccole magie, ma che non era mai sembrato abbastanza grande da permettere a un'anima di passare. Attinse a fondo dalla poca energia che gli era rimasta, cercando i djinn nel suo regno per ancorarsi a loro, come aveva suggerito Elim. Ce n'erano in abbondanza tra cui scegliere. Si distese più sottile di quanto avesse mai creduto possibile, sentendo le sue cellule vibrare e le molecole dissolversi... e la sua coscienza diventare energia.

Tredici

Tanika fissò il punto in cui era stato Ophir solo pochi istanti prima. Aveva visto il suo jinn smaterializzarsi un milione di volte. Era sempre stato un sollievo. Ora, guardando Ophir svanire nel nulla, le sembrò che il mondo si fosse spaccato in due, lasciando nient'altro che un guscio vuoto. Fissò di nuovo il palmo della sua mano. La linea del cuore, forte e ininterrotta. La linea della vita che seguiva la lunga curva del pollice.

Raggiunse l'auto e vi salì, intorpidita. Guidò fino al salone senza sapere bene come ci fosse arrivata. Il cancello di sicurezza si aprì senza protestare, come se percepisse la sua incapacità di discutere. All'interno dello spazio familiare e buio, si fermò, fissando il vuoto.

Cosa stava facendo? Cosa poteva fare? La sua vita non aveva più significato. Nessun desiderio per cui vivere. Nessun desiderio *contro* cui vivere. Elim se n'era andato. Ophir se n'era andato. Il suo scopo era svanito. Certo, aveva un'auto nuova fantastica, ma significava poco per lei senza l'uomo sexy che la guidava.

Ancora al buio, si lasciò cadere sulla sedia, fissando la sua sagoma ombrosa nello specchio. Il suo desiderio era stato esaudito. Ma non appagato. Non significava qualcosa? Elim non le doveva ancora qualcosa?

Una scintilla nel profondo si accese, come un fuoco contro lo sterno. Assottigliando gli occhi, lanciò uno sguardo torvo al suo riflesso. Due puntini di luce color lavanda la fecero girare sulla sedia per guardarsi alle spalle. «C'è qualcuno?»

Il cuore le martellava nelle orecchie. Alzatasi, corse all'interruttore della luce e inondò la stanza. Era sola. Guardò di nuovo lo specchio. I suoi occhi afflitti dal dolore la fissarono di rimando. Doveva essersi immaginata tutto.

Scuotendo la testa finché il cervello non le tremò, decise di preparare il negozio per l'apertura. Era tutto quello che le restava. Si chiese se il terribile incantesimo di Elim macchiasse ancora il posto e guardò attentamente le sedie pieghevoli vicino alla finestra buia e la tenda di velluto malandata sul retro. Non aveva mai visto la contaminazione, quindi non era sicura del perché si aspettasse di vederla adesso. Be', se non altro, poteva provare a fare una purificazione, tanto per essere sicura.

Quando Birdie arrivò diverse ore dopo, Tanika stava facendo arieggiare il locale dopo aver bruciato l'ultima salvia e stava lavando a mano il pavimento. Birdie dovette alzare la voce per farsi sentire sopra il concerto di pianoforte zen che suonava a tutto volume dal telefono di Tanika. «So che sei mattiniera, ma questo è un po' esagerato, anche per te.»

Tanika si mise in ginocchio e si asciugò un ricciolo ribelle dalla guancia con il dorso dell'avambraccio. Non si sentiva affatto meglio. Tutto ciò a cui riusciva a pensare era trovare un modo per raggiungere Ophir. Una seduta spiritica. Un sogno lucido. Doveva esserci un modo. «Avevamo bisogno di una purificazione.»

«Se lo dici tu.» Birdie attraversò con passo scattante il pavimento appena pulito con i suoi tacchi a spillo e fermò la musica. «C'entra qualcosa con il tuo appuntamento di ieri sera?»

Ieri sera? Era passato solo un giorno da quando aveva incontrato Ophir? Com'era potuto succedere così tanto? Si sentiva come se fosse stata colpita da un fulmine e ogni emozione fosse stata ridotta in cenere. Tornò a carponi e riprese a strofinare. «Ho trovato la mia anima gemella.»

Birdie sussultò e si precipitò da lei, dandole un colpetto sulla spalla. «Ma va'! La tua anima gemella?» Quando Tanika continuò a strofinare, si chinò e le strappò via la spugna. «Su. Adesso.»

Incapace di trovare la forza per lottare, Tanika si alzò e barcollò fino alla sua sedia, con le ginocchia doloranti e umide. Ancora una volta si lasciò cadere, questa volta senza guardare lo specchio. Birdie mise una mano sul fianco e sollevò entrambe le sopracciglia. «Non si lancia una bomba come quella di aver trovato un'anima gemella per poi non dire nient'altro. Adesso parla.»

Tanika scosse la testa. Birdie non avrebbe mai creduto alla verità. Eppure, una bugia era un'impresa impossibile. «Lui non può far parte del mio mondo. Quindi se n'è andato.»

La bocca di Birdie si spalancò per lo shock. «Se n'è andato? L'hai lasciato andare via? Perché?» Il suo sguardo si restrinse. «È perché era ricco sfondato?» Si avvicinò e fece girare la sedia di Tanika per metterla di fronte alla sua, poi vi si lasciò cadere per guardarla. «Ti ha lasciata lui o l'hai lasciato tu?»

La raffica di domande normalmente avrebbe fatto ridere Tanika. Quel giorno, le fece solo tremare la mascella e le strinse il petto.

«Oh, tesoro, mi dispiace.» Birdie scattò in piedi e corse ad abbracciare le spalle di Tanika. «Non dovrei essere così ficcanaso.»

«Va tutto bene.» Tanika tirò su col naso, appoggiando la testa contro il calore confortante dell'amica. «È tutto troppo complicato da spiegare.»

«Perché non ti faccio i capelli? Sembri una che ha bisogno di un po' di coccole.»

Tanika annuì. Forse un po' di conforto fisico avrebbe aiutato ad alleviare il suo dolore. A quel punto non le era rimasto molto altro. Si alzò e seguì Birdie al lavatesta, reclinando la testa all'indietro e lasciando che l'acqua calda le bagnasse il cuoio capelluto. Le dita di Birdie masseggiarono una schiuma profumata sui suoi ricci, e Tanika chiuse gli occhi, lasciando che le lacrime scorressero verso l'attaccatura dei capelli. Se Birdie se ne accorse, non disse nulla, si limitò a canticchiare a mezza voce e continuò a strofinare.

Il getto dell'acqua del risciacquo era un benedetto rumore bianco che Tanika trovò sorprendentemente calmante. Ipnotico. Birdie le strizzò i capelli e applicò il balsamo sulle punte.

Il campanello del salone tintinnò, e le dita di Birdie si fermarono per un momento. «Arrivo subito!»

La sua voce allegra strappò Tanika dalla semimeditazione. «Grazie, Birdie. Posso finire da sola. Vai a occuparti del nostro cliente.»

«Posso aspettare», disse una voce maschile.

Tutto il corpo di Tanika si irrigidì. Si tirò su a sedere di scatto sulla sedia, sbattendo le palpebre per liberare gli occhi dai rivoli d'acqua. In piedi, appena dentro la porta aperta, c'era Elim.

Le parole la soffocarono, le riempirono la gola e le tolsero il respiro senza emettere un suono. Si strinse la pancia. Come poteva essere lì?

Elim la squadrò da capo a piedi come se fosse insignificante, poi rivolse il suo sorriso smagliante a

Birdie, con una mano tesa come per stringergliela. «Lei dev'essere Birdie. Morivo dalla voglia di conoscerla.»

«No!» Tanika scattò dalla sedia, intercettando la sua mano tesa e colpendola per scostarla. Si voltò verso Birdie. «Vattene. Subito.»

Il viso di Birdie impallidì per lo shock. «Va tutto bene?»

«Ti prego, Birdie. Niente domande. Vattene e basta.»

Con lo sguardo che saettava tra Tanika ed Elim, Birdie passò oltre di corsa. «Devo chiamare la polizia?»

«No. Allontanati da qui il più velocemente possibile. Molto lontano. Non tornare finché non ti chiamo.»

Birdie fuggì.

Tanika raddrizzò le spalle e avanzò verso Elim finché non si trovò col naso contro il suo petto, guardandolo in faccia. «Come diavolo ci riesce?»

«Pensava che il mio legame con la Terra fosse tramite Ophir?» Schioccò la lingua e si allontanò da lei, osservando il salone come se lo vedesse per la prima volta. «Ha purificato qui dentro. Mi chiedevo se se ne sarebbe mai accorta.»

«Ha detto che era il legame con un altro jinn a darle un portale.»

«No, ho detto che il mio legame con il sangue di jinn era sufficiente per un portale.»

Il suo stomaco sprofondò. Sangue di jinn. Ophir aveva creduto che lei potesse averne una traccia dentro di sé. «È tornato indietro per niente?» Le sue parole uscirono graffianti dalla gola.

«Oh, mia povera Tanika. Così persa senza un uomo.»

La sua guancia ebbe un fremito, e il fuoco che aveva sentito prima contro lo sterno divampò ancora una volta. «Sono persa senza la mia *anima gemella*.» Si diresse di nuovo minacciosamente verso di lui, puntandogli un dito nel petto a ogni parola. «Lei mi deve un desiderio.»

Il suo viso impallidì. «Ora, si calmi. Lei...»

«Il mio desiderio era di avere un compagno.»

Indietreggiò, alzando entrambe le mani con i palmi

rivolti in fuori. «Gliene troverò uno nuovo. Mi dia solo un po' di tempo.»

«Ho già un compagno. Un compagno per l'eternità. Quello che non ho è il mio lieto fine.» Un'improvvisa consapevolezza la colpì. Lui *non poteva* mantenere la sua parte dell'accordo. Ophir era immune ai suoi incantesimi. Cosa significava nel mondo dei jinn, con le loro regole sulla verità e sulla negoziazione degli accordi? «Ha riscosso il pagamento in anticipo. E ora io reclamo la sua parte del patto.»

«Posso mostrargli come tornare.»

«Non lo farà. Abbiamo deciso che era più importante liberarci di lei piuttosto che stare insieme. Finché lei sarà vivo, noi ci negheremo l'un l'altro.» Incrociò le braccia, la vittoria era una bile agrodolce in gola. «Credo che il termine, negli scacchi, sia scacco matto.»

Due luci sul soffitto andarono in frantumi, e lui si gonfiò come aveva fatto tante volte in passato per intimidirla. «Non dovevo mostrarmi a lei. Il mio raggio d'azione è piuttosto ampio, ora. Sono tornato solo per assicurarmi che stesse bene.»

«È tornato per gongolare», sibilò tra i denti serrati. «E io voglio il mio desiderio.»

La sua figura cominciò a tremolare, e la scintilla viola nei suoi occhi si affievolì come una candela alla fine dello stoppino. «Non può. Tanika, la prego. Lei non capisce.»

«Le chiederei di riportare indietro mamma e nonna, ma lei non può resuscitare i morti. Quindi non c'è modo per lei di ripagare il suo debito con me se non con la sua vita.» Gli mostrò i denti. «La voglio. Adesso.»

I suoi occhi si spalancarono, la fiamma si ridusse a minuscoli puntini. Scosse la testa e aprì la bocca, ma non ne uscì alcun suono. Invece, l'ovale formato dalle sue labbra si allargò. E si allargò. Impossibilmente enorme, consumò il suo viso. Si aprì in un abisso di nulla davanti ai suoi occhi, come se stesse inghiottendo il proprio corpo da dentro. Sempre più grande l'ovale crebbe, attirandolo dentro, rimpicciolendolo. Inghiottendolo. Risucchiandolo con un sibilo in un globo di luce viola fluorescente.

Rimase sospeso lì, con le fiamme al suo interno che divampavano e turbinavano in schemi simili a galassie nascenti. Si avvicinò, ipnotizzata. Aveva vinto?

Il globo sfrecciò in avanti verso il punto ardente nel suo petto, scaraventandola all'indietro sul pavimento freddo e duro.

Tanika si svegliò al tocco di dita gentili sulla sua fronte. Senza aprire gli occhi, valutò ogni centimetro quadrato del suo corpo. Ogni nervo fremeva, e poteva sentire il sangue scorrere nelle vene. Respirare era un'esperienza magnifica, il dolce profumo di anice le riempiva le narici. Aprì gli occhi e incontrò uno sguardo color cioccolato.

Il viso di Ophir si allargò in un sorriso. «Svegliati, amore mio.»

Trattenne il respiro. Sbatté le palpebre. Allungò una mano per tracciare la linea dura della sua mascella. Solida. Calda. La sua testa era cullata nel suo grembo, e le tremolanti luci fluorescenti del salone illuminavano i suoi capelli come un'aureola. «Sto sognando?»

«Se è così, allora lo sto facendo anch'io.» Scivolò via delicatamente da sotto di lei e si alzò, porgendole una mano per aiutarla ad alzarsi. «Stai abbastanza bene da stare in piedi?»

Afferrando la sua mano, si alzò in piedi. Facilmente. Leggermente. Si sentiva più viva di quanto avesse mai pensato possibile. «Sono... confusa.»

Ophir la strinse a sé, avvolgendola. «Oh, mia brillante Tanika. Non sai cosa hai fatto.»

Scosse la testa, avvolgendo strettamente le braccia attorno alla sua vita solida. «Davvero non lo so. Me lo spieghi, per favore?»

Una risata rimbombò nel suo petto, riempiendola di gioia. Se questa era la morte, era la cosa più felice che le fosse mai capitata. Le baciò i capelli, poi la fronte, quindi premette la bocca vicino al suo orecchio. «Hai incastrato Elim nel patto dei patti. Un debito impossibile.» Si allontanò appena per guardarla in viso. «Un debito che poteva essere ripagato solo con ogni oncia del suo essere. Ora sei immortale, mia adorabile sposa.»

Le sue gambe improvvisamente si rifiutarono di reggerla, ma Ophir era lì. Afferrandola, la portò alla sedia del salone e la fece sedere. Balbettò: «Immortale? Che cosa vuol dire?»

«Possiamo stare insieme per l'eternità.»

La speranza che le gonfiava il cuore minacciava di esplodere. Scosse la testa, sicura di stare sognando. O di essere morta. «Pensavo che nessun desiderio potesse mai rendermi immortale.»

«Un desiderio normale non avrebbe potuto.» Le sorrise. «L'anima di un umano non ha abbastanza energia per un desiderio del genere. Ma l'anima di un jinn è una questione diversa.»

Il ricordo di quel globo viola che si era incastonato dentro di lei la scosse di nuovo. Scosse la testa incredula. «Mi ha dato la sua immortalità?»

Ophir annuì. «Non te l'ha data, esattamente. Più che altro ha fatto una restituzione. Era l'unico modo in cui poteva adempiere al suo patto.»

Le lacrime la sopraffecero, e si nascose il viso tra le mani. «Non posso crederci.»

Lui le prese la testa tra le mani, coprendola di baci sui capelli e sulle mani che le coprivano il viso finché lei non le abbassò e accettò il suo tocco sulle palpebre, sulle guance e sulle labbra. Respirò contro di lei, una sensazione che dava vita. Afferrando manciate della sua camicia, lo tirò più vicino, baciandolo per davvero. Labbra affamate contro le sue, come se quel bacio dovesse durare per sempre.

Dopo un lungo momento, si staccò. «Ma come fai a essere qui?»

«Il nostro legame di compagni mi ha attirato con la stessa certezza di un portale.»

Quando lo disse, lei sentì la connessione tra loro, come un nastro indistruttibile attorno al suo cuore. «Legati.» L'eccitazione la rendeva nervosa. Incerta su dove guardare o cosa fare. Aveva davvero trovato il suo lieto fine? «Potremo avere figli?»

«Certo.» Fece un sorrisetto. «Ma una cosa alla volta, amore mio. Abbiamo una luna di miele molto lunga di cui godere prima.»

Il tintinnio della porta del negozio attirò l'attenzione di Tanika. Birdie fece irruzione nel salone con il signor Daniels e un agente di polizia alle calcagna. Birdie si fermò di colpo, le sopracciglia aggrottate mentre osservava Ophir inginocchiato accanto alla sedia del salone. «Oh!»

L'agente di polizia entrò nella stanza, guardandosi intorno con occhio preoccupato. Tanika sentì un'ondata di magia incresparsi da Ophir. La tensione nella stanza si allentò. Il signor Daniels fece l'occhiolino e disse: «Sono contento di vedere che voi due piccioncini andate d'accordo.» Detto questo, se ne andò.

Toccandosi il cappello, anche il poliziotto se ne andò.

Birdie si asciugò una lacrima dall'angolo dell'occhio e si sventolò. «Oh. Mio. Dio. Sapevo che era destinato a te dal momento in cui l'ho visto.»

Tanika diede una gomitata a Ophir. «Non farle questo.»

«Fare cosa?»

«Renderla tutta sdolcinata.»

Lui rise e si alzò in piedi. «Non sono io, credimi. Birdie è sdolcinata tutta da sola.»

Con una mano che le svolazzava sul cuore, Birdie si precipitò sulla sedia di fronte a quella dove sedeva Tanika. «Siete perfetti insieme, proprio come pensavo.» Si accomodò sulla sedia e guardò piena di aspettativa tra loro. «Voglio sentire tutta la storia, dall'inizio alla fine. Una storia d'amore proprio qui nel nostro Salone delle Sedute Spiritiche.»

Tanika sorrise radiosamente a Ophir, il cuore leggero mentre pensava al loro futuro. Il loro lunghissimo futuro. «Non c'è molto da dire, in realtà. È tornato per me. Questo è tutto quello che conta.»

Ophir ricambiò il sorriso. «Le anime gemelle sono destinate a stare insieme, legate per l'eternità.»

Tanika intrecciò le dita con quelle di Ophir, il tocco casto la scaldava con la stessa certezza dei suoi baci infuocati. «Sono così contenta che tu abbia trovato il nostro piccolo salone.»

«E io sono così felice di aver finalmente trovato casa.»

La felicità la circondava come non avrebbe mai immaginato possibile.

Epilogo

Tanika sorrise mentre Birdie faceva un'altra smorfia, e il bimbo paffuto che teneva in braccio davanti allo specchio scoppiò a ridere. Minuscole impronte di mani macchiavano il vetro insieme ad alcune chiazze di bava dove Theon aveva posato le labbra. Era la copia sputata di Ophir, con capelli scuri, insondabili occhi color caffè e persino l'accenno di una fossetta all'angolo della bocca. E, a giudicare da Birdie, stava già facendo strage di cuori.

«Andiamo, Theon.» Tanika si protese verso il figlio. «La zia Birdie deve lavorare.»

«Non sono mai troppo impegnata per passare del tempo con questo tesorino.» Birdie fece una pernacchia sulla guancia del bambino prima di lasciarlo tra le braccia di Tanika. «Non lo porti abbastanza spesso da queste parti, ultimamente.»

«Cercherò di rimediare.» Il peso di Theon si adagiò tra le braccia di Tanika e Il suo familiare profumo di bimbo la riempì di gioia. Le gettò le braccia al collo e le diede un bacio a bocca aperta sulla guancia, e la donna che si stava facendo tagliare i capelli alla postazione accanto a quella di Birdie tubò in segno di apprezzamento.

Il salone brulicava di attività, fiorente da quando l'incantesimo che Elim vi aveva posto era stato rimosso. Il negozio, un tempo minuscolo, ora occupava quasi tutto l'isolato e contava quattordici postazioni per capelli, oltre a una sezione spa sul retro. Birdie gestiva tutto quasi da sola, permettendo a Tanika di concentrarsi sulla sua nuova famiglia. Tanika veniva solo per fare qualche lettura psichica occasionale a una delle sue vecchie clienti. Era un peccato che l'assorbimento del potere di Elim non le avesse conferito la capacità di un jinn di esaudire i desideri, ma ciò non significava che la sua precedente abilità di leggere le aure fosse meno reale. Si chiedeva spesso se e quando Theon avrebbe sviluppato dei poteri, e se sarebbero stati come i suoi o più consistenti come quelli di suo padre; Ophir diceva che il bambino avrebbe anche potuto non svilupparne affatto.

Spostando il peso di Theon su un fianco, Tanika squadrò la sua minuta amica da capo a piedi, notando quanto fosse magra. «Dovresti prenderti una vacanza.»

«Appena trovo un bono come Ophir che mi spalmi di crema solare.» Birdie le fece l'occhiolino.

Tanika arrossì, mentre il vivido ricordo del suo più recente viaggio su una spiaggia remota con Ophir la travolgeva. C'erano decisamente dei vantaggi nell'essere sposata con un uomo che poteva schioccare le dita e portarti ovunque nel mondo in qualsiasi momento.

Il telefono squillò e Tanika salutò con la mano mentre Birdie rispondeva. Ophir era al caffè, probabilmente a rimpinzarsi di pasticcini. Uscì sul marciapiede e si affrettò verso il profumo di cannella, zucchero e cioccolato.

Ophir la raggiunse a metà strada, con una grande scatola rosa brillante in mano. «Hai fatto?»

Theon squittì e si protese verso suo padre. Ophir scambiò la scatola con il bambino e sistemò Theon comodamente nell'incavo del braccio. Adorava vederli insieme.

«Aprila.» Fece un cenno verso la scatola. «Oggi il signor Daniels aveva un vasto assortimento.»

Sollevò il coperchio, e l'aroma di dolce e burrosa bontà si sprigionò dall'interno. Un assortimento di ciambelle, brownie, grandi biscotti morbidi e due éclair erano disposti in graziose cartine. Frugò tra le deliziose leccornie mentre Ophir portava Theon alla macchina e lo sistemava nel seggiolino. Sebbene Ophir potesse portarli ovunque e dar loro qualsiasi cosa, vivevano tutte una normale vita da umani.

E lei ne amava ogni minuto.

Optando infine per un brownie, affondò i denti nella cremosa copertura di ganache, inondando la lingua di cioccolato fondente. Emise un gemito di plateale piacere.

Theon allungò una mano, facendo gesti avidi verso il dolcetto. Ophir prese una ciambella ripiena di crema dalla scatola aperta e la porse al bambino. Che Theon avesse mai sviluppato poteri o meno, era ovvio che avesse il pieno controllo del cuore di Ophir.

Con i pugni paffuti stretti intorno alla ciambella, Theon se la spiaccicò contro la bocca aperta, spruzzandosi di crema bavarese sul davanti.

«Gliela dai tutta intera?» disse Tanika con la bocca piena di cioccolato. «Sarà un disastro da pulire.»

Ophir sogghignò e schioccò le dita, facendo sparire le gocce. Poi chiuse la portiera della macchina e si voltò per stringerla tra le braccia, appoggiandosi all'indietro contro i finestrini.

Lei si adagiò contro il suo petto duro e sollevò il viso verso il suo con un sorriso. «Baro.»

Nel riflesso dei finestrini della macchina, vide un gruppo di giovani donne passare sul marciapiede dietro di lei, con lo sguardo fisso e carico di desiderio su di lei e Ophir. Fece un profondo respiro di appagamento. *I miei giorni di desideri sono finiti.* Chi avrebbe mai immaginato che il suo desiderio potesse avere un simile esito?

Con il polpastrello di un pollice, Ophir le pulì la glassa dall'angolo della bocca. «Sei quasi peggio di Theon.»

Gli afferrò la mano e leccò via la glassa. I suoi occhi si scurirono di desiderio. Senza staccare lo sguardo dal suo, si portò il dito alla bocca, facendolo roteare con la lingua in modo suggestivo. Tra i loro corpi, la sua erezione si risvegliò di colpo, e un calore corrispondente le crebbe tra le cosce.

Egli emise un suono basso dal petto. «Credo di essere stato una cattiva influenza per te.»

Tanika sorrise attorno al suo pollice e lo lasciò andare, baciandone la punta un'ultima volta. «Credo che mi piaccia avere un genio ai miei ordini.»

Le avvolse un braccio attorno alla parte bassa della schiena e la strinse a sé. «Ogni tuo desiderio è un ordine, amore mio.»

Abbassando la testa, le prese la bocca con la sua. Il bacio la inondò di ben più del desiderio. La riempì di felicità. Appagamento. Amore. Aveva finalmente raggiunto il suo lieto fine. Ed era pronta a trascorrere l'eternità insieme.

Cara lettrice,

grazie per aver letto *Il desiderio del jinn*. Hai voglia di altre storie paranormal romance dolci e sensuali? Allora amerai *Un cuore sotto la pietra*, dove i gargoyle sono molto più di ciò che sembrano.

Costretto a rivelarsi, Sten si trova di fronte a una nuova verità. Per quanto impossibile possa sembrare, Angie è la sua compagna.

Tocca la copertina per acquistarlo subito, oppure continua a leggere per un'anteprima!

P.S. Vuoi restare in contatto? Iscriviti alla mia newsletter VIP. Gli iscritti ricevono omaggi esclusivi, anteprime dei prossimi libri e scene extra. Ti aspetta anche un **prologo esclusivo e inedito** de *Il desiderio del jinn*!

ISCRIVITI ALLA NEWSLETTER DI TAMSIN: https://dl.bookfunnel.com/p6pxd4n9xn

Estratto da "Un cuore sotto la pietra"

Angie era immersa fino ai gomiti nel terriccio quando una voce maschile la costrinse a voltarsi. In quanto proprietaria di una delle case storiche di Old Turnbull, ci si aspettava che fosse cortese con i turisti, anche quando invadevano quella che era chiaramente una proprietà privata. Fece un respiro profondo per calmarsi e si stampò un sorriso in faccia. Un uomo con i capelli sale e pepe, che indossava un costoso abito da uomo, stava passando il palmo della mano lungo una delle ali del suo gargoyle a grandezza naturale.

«Posso aiutarLa, signore?» Non si prese la briga di pulirsi le mani mentre si avvicinava a lui. Sembrava che i turisti nella storica città fantasma si sentissero ogni giorno più in diritto di fare ciò che volevano e, sebbene apprezzasse l'impulso che davano all'economia locale, era una seccatura vivere in uno dei luoghi più importanti del posto.

«Solo un momento, se permette.» Non la guardò, si avvicinò alla statua e una delle sue scarpe lucide schiacciò i tagetes che costeggiavano l'aiuola.

Il gargoyle aveva attirato più della sua giusta dose di attenzione, ma mai in modo così sgarbato. Con le fattezze di un uomo perfettamente scolpito, a prima vista poteva essere scambiato per un Adone alato accovacciato. Un'ispezione più attenta, però, rivelava che le ali erano più simili a quelle di un demone che di un angelo, con artigli alle giunture superiori e sulle punte. La figura aveva anche piccole corna nascoste tra i capelli ricci che gli ricadevano sulle tempie e una lunga coda ripiegata contro la parte posteriore di una gamba. Angie non si sarebbe sorpresa se le mani a pugno della statua avessero avuto gli artigli. Suo padre una volta le aveva detto che quel gargoyle proteggeva la loro famiglia da generazioni. *Se solo avesse potuto difendersi da quel viscido individuo in quel momento.*

Guardando accigliata l'uomo che stava schiacciando i suoi fiori, cimeli di famiglia, si schiarì la voce. «Signore? Questa è una proprietà privata.»

Con evidente riluttanza, l'uomo distolse la sua attenzione dal gargoyle e si frugò nella tasca interna della giacca, estraendone un biglietto da visita. Glielo porse. «Winston York III, commerciante di antichità rare.» Mentre lei accettava il biglietto, gli occhi grigi dell'uomo corsero sui suoi jeans macchiati e sulla camicia a quadri abbottonata. «Sono interessato all'acquisto della Sua statua.»

Senza guardare il biglietto, Angie indicò il cartello sull'alta recinzione di ferro battuto che circondava il suo giardino, sperando che il tipo capisse l'antifona e si rendesse conto di non essere il benvenuto. «Nel caso non se ne fosse accorto, questo è un sito storico. La statua appartiene alla casa.»

«Allora desidero acquistare l'intera proprietà.» Volse lo sguardo verso l'edificio in mattoni in stile vittoriano, con il suo portico avvolgente e la piccola torretta. Le finiture intagliate avevano bisogno di una nuova mano di vernice e una delle finestre al piano superiore era ancora sbarrata, dopo che una tempesta primaverile aveva fatto cadere un albero contro la casa, ma era stata costretta a destinare i suoi fondi limitati alla riparazione del tetto.

Nonostante ciò, era in condizioni molto migliori rispetto al resto di Old Turnbull. La sua dimora non era certo un'opera di Frank Lloyd Wright, ma sembrava che antiquari e storici nazionali bussassero sempre alla sua porta.

York terminò il suo esame e inarcò un sopracciglio verso di lei. «È Lei la proprietaria, giusto?»

Adesso basta. Aveva finito di essere gentile; le signore della Società Storica potevano andare al diavolo. «Lo sono. Ma non ricordo di aver messo un cartello "In vendita".»

Un sorriso condiscendente gli sollevò gli angoli della bocca. «Tutto è in vendita. Che ne dice di un dieci per cento in più rispetto al valore di mercato? Manderò un perito qui domani.»

Osservando l'abito elegante di York e le sue unghie curate, le tornarono in mente i racconti di suo padre sulla città mineraria durante il boom, quando i grandi investitori si erano trasferiti lì per acquistare tutte le piccole concessioni. Quella casa era uno dei pochi pezzi del suo patrimonio che era riuscita a conservare dopo la morte del padre.

Il petto le si strinse al pensiero del padre e riportò l'attenzione al presente. Ma chi si credeva di essere questo tizio, York? Quel coglione non si era nemmeno preso la briga di chiederle il nome.

Facendo un passo avanti, si trovò faccia a faccia con l'uomo, gli occhi al suo stesso livello. «Questa è la mia casa, signor York, non un rudere da comprare e rivendere. Non è in vendita.» Gli ficcò di nuovo il biglietto da visita nella tasca della giacca. «Ora, La prego di andarsene dalla mia proprietà.»

Lo sguardo di lui scese verso il suo petto. Fantastico. Se quel tipo si fosse trasformato in un maniaco, gli avrebbe infilato la paletta da giardino su per il culo. Ma il suo sguardo si soffermò sull'incavo della gola di lei, dove pendeva il ciondolo antico della madre.

Si chiuse il colletto e aggirò York dirigendosi verso il cancello, facendogli segno di andarsene. «Ho del lavoro da fare, quindi La prego di proseguire. Sono sicura che in città troverà altre cose di Suo interesse.»

York strinse gli occhi e tutto il corpo di lei si tese. Non era mai stata in una grande città, ma immaginava che fosse così che ci si sentisse un attimo prima che un rapinatore ti portasse via tutto. Lentamente, lui si sistemò l'orlo della giacca. «Le mie scuse se L'ho offesa, signorina...?» Attraversò il cancello e si fermò sul cemento crepato che un tempo era stato un marciapiede, guardandola con aria interrogativa. «Temo di non aver capito il Suo nome.»

«Non l'ha chiesto.» Chiuse il cancello, stringendo i denti contro lo stridio di unghie sulla lavagna. Riaprire i cardini arrugginiti la mattina dopo, quando sarebbe uscita per il suo turno alla tavola calda, sarebbe stata un'impresa, ma voleva mettere in chiaro le cose.

«Ehm, beh, di nuovo, le mie scuse. Spero che ci ripensi. Farò preparare i documenti al mio avvocato e glieli manderò. Sono sicuro che troverà la mia offerta più che generosa.»

Incontrò il suo sguardo tra le sbarre. «E io sono sicura che troverà il mio rifiuto altrettanto fermo.»

Voltando le spalle, tornò a grandi passi verso i suoi vasi, sentendo come se lo sguardo del suo gargoyle la seguisse con orgoglio.

* * *

Angie giaceva rigida sotto le coperte, incerta se il rumore che aveva sentito fosse un sogno o se la sua gatta mezza randagia, Sally, stesse facendo rumore con i batuffoli di polvere. Era abituata agli scricchiolii e ai gemiti della vecchia casa e di solito dormiva come un sasso, ma avrebbe giurato di essere stata svegliata dal terribile suono dei cardini del suo cancello. Esausta dopo una lunga giornata al sole, non aveva alcuna voglia di alzarsi dal letto per controllare. Il rumore si sentì di nuovo. Decisamente i cardini. *Uffa. Che fosse tornato quel tizio, York, a palpare il suo gargoyle?* La statua era troppo pesante per essere rubata, ma se quel coglione le stava schiacciando altri fiori, forse gli avrebbe sparato.

Scivolando fuori dalle coperte, posò i piedi nudi sul freddo pavimento di legno e si avvicinò in punta di piedi alla finestra aperta. Il profumo di mandorla e miele proveniente dall'aiuola di belle di notte, cimelio di famiglia si diffondeva con la brezza notturna. La sua camera da letto era nella torretta e le vetrate piombate si affacciavano sul giardino. A volte le piaceva sedersi lì ad ammirare le sue aiuole e il gargoyle mostruoso ma stranamente sexy che dominava il fogliame.

Strizzò gli occhi oltre le ombre dei fiori e delle foglie. La luna era una semplice falce bassa nel cielo, ma lei sapeva esattamente dove guardare per scorgere le larghe spalle del suo gargoyle.

Lo spazio era vuoto. Si strofinò gli occhi, premendo il naso contro il vetro. Dov'era? Il buio doveva starle giocando un brutto scherzo.

Uno scricchiolio e un tonfo provennero dal piano inferiore. Sobbalzò, si ritrasse dalla finestra e si premette contro la pesante tenda di damasco. C'era qualcuno *in casa*? A Turnbull il tasso di criminalità era pari a zero e non si era mai preoccupata molto di chiudere a chiave. Non avevano nemmeno una stazione di polizia e, per i pochi incidenti che si verificavano, si affidavano allo sceriffo della contea. Se avesse chiamato il 112, avrebbero potuto volerci anche più di un'ora prima che arrivasse qualcuno.

Si diresse in punta di piedi verso la mensola dove teneva il vecchio fucile di suo padre. Lui le aveva insegnato a sparare fin da piccola e l'arma era carica nel caso in cui un orso o un puma avessero deciso di venire a curiosare. Non lo usava da quando l'aveva riscattato dal banco dei pegni qualche anno prima e sperava di non doverlo fare quella notte; sangue sul tappeto e buchi nei muri erano l'ultima cosa che desiderava.

Sperando di scacciare l'intruso, scese lungo lo stretto corridoio fino al vano scale e gridò: «Chiunque sia là sotto, chiamo il 112.»

Il tintinnio di un vetro infranto risuonò dal salotto e una voce maschile disse: «Oh, merda!»

Oh, cazzo no. Cosa si era appena rotto? Forse, dopotutto, avrebbe preferito sparare a quel bastardo. Aveva ricomprato i cimeli di famiglia man mano che poteva permetterselo e le poche cose che era riuscita a recuperare erano preziose. Il rumore di qualcosa di pesante che cadeva al piano di sotto. «Cazzo», borbottò. Stringendo i denti, cominciò a scendere le scale, senza preoccuparsi di accendere le luci. Conosceva ogni centimetro di quel posto e, in quel momento, il buio era suo amico. «È meglio che te ne vada subito! Ho un fucile!»

Svoltò l'angolo, con il cuore in gola. Contro lo sfondo scuro delle finestre del salotto, l'enorme sagoma di un uomo le piombò addosso. Prima ancora di rendersene conto, sparò, e il calcio del fucile le sbatté dolorosamente contro la spalla, spingendola all'indietro. Aveva dimenticato la sensazione del rinculo di un fucile, e la detonazione le lasciò un fischio nelle orecchie. L'aveva colpito? Le ci volle un momento per riprendersi e rialzare l'arma. Dio, sperava di non dover sparare una seconda volta.

Con suo sollievo, la porta del portico si spalancò e chiunque fosse stato dentro fuggì nella notte.

«Proprio così, stronzo!» Fece qualche passo per inseguirlo, ma fu costretta a fermarsi quando il suo piede nudo incontrò dei cocci di ceramica. Maledizione, sperava non provenissero dalla sua vetrinetta. Tornò indietro e accese la luce.

La vista del salotto messo a soqquadro era nauseante, ma non fu quello a bloccarla: tra i resti crollati del suo divano Queen Anne giaceva il gargoyle.

E stava macchiando di sangue il suo tappeto.

L'autrice

C'era una volta, pensavo di voler diventare un'ingegnera biomedica, ma fare esperimenti sui topi di laboratorio non porta sempre a un lieto fine. Ora fondo la mia infatuazione da nerd per la scienza con romance incentrati sui personaggi e lieti fini garantiti. I miei mostri trovano sempre la loro compagna, tra eroine grintose, eroi tormentati e tutti i guai piccanti che riescono a gestire. Ti prometto che le mie storie non ti lasceranno mai in sospeso (anche se potresti desiderarne ancora!)

Quando non scrivo, mi troverai in giardino o in cucina, a esplorare l'Alaska con mio marito o a prepararmi per l'apocalisse zombi. Mi piace anche lavorare all'uncinetto mentre faccio binge watching su Netflix, giocare ai videogiochi e godermi il tempo in famiglia durante la nostra sessione settimanale di D&D.

Vuoi saperne di più su di me? Entra nel mio VIP Club e ricevi libri gratuiti, aggiornamenti e altro materiale fantastico!

>>> news.tamsinley.com/ERHXVo

9 798889 548028 1